目次

今宵も喫茶ドードーのキッチンで。

プロローグ

ねえ。
きみにとっての幸せって？
たくさんのお金？
みんなが憧れる仕事？
おしゃれな服が並ぶクローゼット？
どれも素敵だね。

でもぼくにとってはそんなことはどうだっていいんだ。
空腹がある程度満たされるだけの食べものと、
スーツケース一個分の荷物。
あとは穏やかな時が過ごせること。
それがぼくのとびきり贅沢《ぜいたく》な幸せのかたちなんだ。

第一話

自己肯定力を上げるやかんコーヒー

これはある街の奥にひっそりと佇む小さなカフェの物語です。

その店「喫茶ドードー」は、駅からまっすぐに続く坂道をのぼりきり、ひとつめの交差点を入って少しだけ歩いた先の路地。その突き当たりにあります。

路地の入り口には小さな看板が出ているのに、気づく人はあまり多くありません。界隈《かいわい》はごくありふれた住宅地だけれども、ここだけ鬱蒼《うっそう》とした木々に囲まれています。そのせいでしょう。都会の喧噪《けんそう》から少しだけ遮断されたように感じるのです。

訪れた人はこの店を「森のキッチン」なんて呼んだりもします。

その「森」の木々……といっても楓《かえで》や楡《にれ》といったごくありふれた樹木の、その葉の隙間を通して、明るい日差しが「喫茶ドードー」の庭先まで届いています。

そろり、と名乗るこの店の主は、さっき焙煎屋《ばいせんや》で仕入れたばかりのコーヒー豆を、クラフト紙の包みから緑色の缶に移し替えているところです。鼻に届いた香りを体中に巡らすように、深く息を吸い込んでいます。

「馨《かぐわ》しい……」

あたかも何かの宣告をするかのようにつぶやいてから、自分が下した判決が寸分たりとも違《たが》わないと確信していることを示すために、力強くうなずきました。

——苦みは強め。でも酸味は少ないほうがいい。

そんなふうに注文してブレンドしてもらい、メニューに合わせて粗く挽いた豆です。豆の種類や産地はもちろんだけれど、焙煎の程度にも味は左右されるでしょうから、同じ品種だからといって、味が同じわけではありません。ましてやブレンドともなれば、お店の個性といえるでしょう。

そろりは思うのです。

すっきりとした味わいを好む人もいれば、ガツンと濃くなければ飲んだ気がしない、という人もいます。ミルクや砂糖なしでは飲めない、といったとしても呆れられることはないでしょう。美味《おい》しい、と感じれば、それがとびきりの逸品になる、と。

抽出《ちゅうしゅつ》のやりかたによっても味は変わります。電動のコーヒーメーカーやサイフォン式、フィルターを使ったドリップコーヒー……。それだって、紙のフィルターを使うかネルの布製かでも違ってくるし、淹《い》れ立《た》てをそのまま飲むだけでなく、深煎《ふかい》りした豆をエスプレッソメーカーで淹れてからお湯で薄める「アメリカーノ」っていう飲みかただってあるのです。

「アメリカーノ?」

そろりは独り言をつぶやいて首を傾げました。

エスプレッソ用の豆と道具を使う「アメリカーノ」に対して、浅く煎った豆で抽出したり、ドリップしたコーヒーにお湯を足し、薄めて飲んだりするのが「アメリカンコーヒー」です。

気になったのはそこではないようです。

「どっちも淡泊な味わいってことだよね。アメリカの人って薄めのコーヒーが好きなんだろうか」

そんなことに気を取られていたせいでしょう。

「わっ」

筒状にすぼめたクラフト製の紙袋のふちが、緑の缶の口からずれて、豆がこぼれてしまっているではないですか。キッチンのテーブルトップに、コーヒー豆のこんもりとした小山が出来上がっています。

「あー、もー」

先ほどまでの裁判官然とした態度はどこへやら、そろりは顔をしかめて、地団駄を踏みます。

ため息をつきながら、こぼれたコーヒー豆を用心深くスプーンで掬《すく》って、食器棚から出した小皿に入れました。

そんなそろりの姿が可笑《おか》しいのか、森の木々が風に揺れ、ざわざわと音を立てています。そろりが顔を上げると、それを合図にしたかのように、夕暮れ間近の光がキッチンのターコイズブルーのタイルを照らしてキラリと反射しました。途端に古材に囲まれた店内が、やわらかな空気に包まれました。

カウンターには五つの椅子。それから庭にアウトドア用のテーブルセットがひとつ。そんな小さな店です。

でも、がんばっている日常から、ちょっとばかり逃げ込みたくなる。そんなときに、ここをふらりと訪れてくれる人がいるのです。

なかなか見つけづらい場所にあるのに、ちゃんと辿《たど》り着けるのは、もしかしたら元気いっぱいなときと疲れたときとでは、見える風景が違うのかもしれませんね。この店は変わらずいつもここにあるのですが。

ところどころ白いペンキがはげた窓枠にそろりが目をやると、生い茂った木々の向こうに人影が見えました。

どうやら今日も肩に載った荷物をおろしたいお客さんが来たようです。

「さて、今宵も開店だ」

そろりはホーローのやかんに水を満たして、コンロの火にかけました。

＊

宅配便の午前中指定というのは、おおむね八時台からをいうらしい。

八時前にはしっかりと身支度を終えてスタンバイしていたけれど、一向に荷物が届かない。もしかしてチャイムの音に気づかなかったのだろうか、と不安になりはじめたところでインターフォンが鳴った。

手元のスマートフォンで時刻を確認すると十一時五十七分だった。

「はーい」

リビングの壁に設置されているドアフォンの通話ボタンを押しながら答える。

「ミナト運輸です」

チャイムが鳴らされると自動的にカメラが作動してエントランスを映し出す画面では、縦縞のユニフォーム姿の男性が小包を片手に立っている。

小橋《こばし》可絵《かえ》は操作盤のボタンを押して、オートロックを解除した。

待ち時間にやろう、とテーブルに広げた原稿は、最初のページから全く進んでいない。

大学時代に出版社でアルバイトをしていた。海外の翻訳本を主に刊行している部署だっため、英文科に在籍していた可絵も応募できたのだが、主な仕事は書庫の整理や郵便物の発送といった雑用だった。でもまれに印刷前の原稿に手を入れる手伝いをさせてもらえることがあった。原文と照らし合わせたり、編集者や校正者の指摘を書き加えたりする作業だ。子どもの頃から海外の児童文学を読むのが好きだったけれど、それを仕事にできるとは考えてもみなかった。憧れが強くなったのは、実際にプロの翻訳原稿を目にするようになってからだ。

バイト時代のつてで、卒業当初から少しずつ翻訳の仕事を貰えるようになった。最初の頃は他の仕事と兼業しながらだったけれど、三十歳になるあたりから、なんとか翻訳だけで生活が成り立つようになった。

それから五年。ようやく自分なりの仕事のペースが摑めるようになってきた。

宅配ボックスが欲しい、と可絵はつくづく思う。コインロッカーのような形状の集合住宅用の設備だ。そうすれば留守時にも気がねなく荷物を届けてもらえる。

しかし中央線沿線にある管理費込み家賃六万八千円で可絵がひとり暮らしをしているこのマンションには、そんな便利な設備はない。

最近は非接触の観点から、「置き配」という対面で受け渡しをせずに部屋の前やエントランスに置いてくれるサービスもあるが、それも少し不安だ。もちろんマンションの住人を信じていないわけではないけれど、知らないうちに部屋の前に段ボールが置かれるのは、誰かに見張られているようで、そこはかとなく怖くも感じる。

「少し重いですよ」

部屋の前で受け取りのサインをすると、お互いの体が近づきすぎないよう、マスク姿の顔をよけながら小包が手渡された。縦三十センチくらいで厚さも手のひらを横にしたくらいの小さめの段ボールだったのに、受け取ると、なるほど、ずしりときた。

「ありがとうございましたー」

くるりと振り返って、てきぱきと階段を降りていく縦縞のうしろ姿に、

「ご苦労さまです」

と声をかけた。

部屋に戻るとマスクを外すのもそこそこに、ガムテープの端に手をやる。ビーッという小気味のよい音が可絵の心の高ぶりを刺激した。

通販でモノを買うことが増えた。これまではデパートや専門店に足しげく通っては、あれやこれやと商品を見て悩みつつ選んでいたが、いまではネット上に「足しげく通って」は、あれやこれやと選んでいる。

もちろん便利にはなったけれど、現物を見るのは届いてからだ。特に洋服なんかだとインターネット上の画像で見たよりもペラペラの生地だった、とか、印象よりも沈んだ色で

がっかりすることが多い。雑貨類でも思いのほか作りが粗かったり、寸法を確認していたとしても、手に取ってみたら使い勝手がいまいちだったりして、結局使わずじまいのものもある。

そうやって失敗を重ねて学んでいくのだろうが、可絵はこのバーチャル空間での買い物にいまだにうまく順応していない気がする。

でも、そんな可絵をサポートしてくれる強い味方がいる。

宅配便を待つ間、仕事もせずに眺めていたスマホがテーブルに置きっぱなしになっていた。それを取り上げ、ＳＮＳのアプリを開いた。

可絵はアカウントを取得してはいるけれど、自分で投稿することはない。もっぱら見る専門だ。アプリには気に入ったページをフォローすると、更新のたびに通知が届く機能があるが、それも使っていない。気になるページを順に眺めていくほうが、性に合っている。

まっさきに、いくつかのお気に入りの中でも、欠かさずチェックしているｓａｙｏさんのページを開いた。艶のある板張りの部屋に、古い足踏み式のミシンが置かれた写真をタップした。

フォロワーが何千人もいるような超人気のアカウントではないけれど、たまたま「おすすめ」に表示されていたのがきっかけで、よく訪れるようになった。

訪れる、といってもページを見に行くだけのことだが、あまりに頻繁《ひんぱん》に見ているせいか、実際に足を運んでいる気分になるくらいに彼女の暮らしぶりを熟知してしまっている。

　中古マンションをＤＩＹで改装したという部屋はどこもすっきりと整えられ、無駄なものが見当たらない。にもかかわらず殺風景には感じられないのは、持ち物を極限まで減らす、いわゆる「ミニマリスト」とは一線を画しているからだ。

　どっしりとした革張りのソファーは座り心地がよさそうで、星型のペンダントライトの光が部屋全体をやわらかく包んでいる。壁沿いに置かれた昔の小学校にありそうな木のスツールには、草花が細長い瓶にさりげなく生けられたりもしている。

　窓には薄い生地のカーテンが無造作に吊るされているが、これも真似しようとしたら、単にだらしなくなるだけだ。おそらく計算し尽くされたバランスとセンスのなせるワザなのだろう。

　最新の投稿に写っているミシンは、祖父母の家の倉庫に眠っていたものを譲り受けた、とコメントが添えられていた。

　投稿を見る限り、ｓａｙｏさんは可絵よりは少し年上の女性のようだ。家族や仕事への言及はないけれど、食器の数やキッチンの造りから、たぶんひとり暮らしだ。自撮りの写真もなくルックスもわからないが、きっとナチュラルな健康美を持つ人だろう、と想像する。心身ともに穏やかに暮らす。可絵もそんな生活に憧れ、勝手に人生の先達として崇《あが》めている。

ミシンの写真をいったん閉じ、ずらりと並んだ過去の投稿から、一枚の画像を選んでタップする。一ヶ月ほど前にアップされていた、小さな鉄製のフライパンの上で美しい焼き目を見せている餃子《ギョーザ》の写真だ。

〈南部鉄器のスキレットで餃子を焼く。ジューシーでカリッとした食感は鉄鍋ならでは〉

写真に添えられたそんなキャプションの下に、ハッシュタグと呼ばれる#のマークを頭に付けたキーワードが並ぶ。このハッシュタグを使うと、アプリ内を横断して投稿を同じジャンルに分類することができるのだ。南部鉄、鉄のフライパン、餃子、それからこのスキレットと呼ばれるキッチングッズのメーカー名や商品名なども#のマークとともに記されていた。

こうしたライフスタイルを中心に発信するSNSでは、キャプション内に商品名が直接書かれていたり、販売店のリンクが貼られていることが多い。

すぐにその商品が欲しい人にとっては便利な機能ではあるけれど、可絵はそういう投稿を目にすると、少しだけ興ざめしてしまう。素敵なモノを知っていて使っているんだということをアピールしたい、そんな主張がそこはかとなく垣間《かいま》見える上に、場合によっては宣伝のようにも感じてしまうからだ。実際、人気のアカウントでは、企業からのタイアップなどで収入を得たりもするらしい。

でもｓａｙｏさんは違う。こうして控えめに、でもちゃんと知りたいことは教えてくれる上品さがある。そんなところも可絵は気に入っている。

それだけにｓａｙｏさんがおすすめしていたり愛用していたりする商品には信頼がおける気がして、自分でも使ってみたくなる。これまでも竹のせいろやほうきといった日本の手仕事を中心に、いくつかのおすすめ商品を買ってみた。

ｓａｙｏさんの投稿のキーワードはいつもこんな言葉で締められている。

〈#ていねいな暮らし〉

濃いブルーで表記されたその文字列をクリックすると、画面内にぎっしりと正方形に切り取られた写真が並んだ。

同じハッシュタグを付けられた投稿は、このアプリ内だけで何万にも及ぶようだ。家具やインテリア、料理、雑貨、花。中には文字だけのものや部屋全体を写した画像や、料理の工程を追った動画もある。投稿する人によって写真の雰囲気や表現方法はさまざまだが、どれもひと手間かけることの大切さ、それによって得られた豊かさや素晴らしさが画面越しに伝わってくる。

翻訳の仕事は、日本語に訳せる語学力があればいいというだけではない。原語を読み込み、資料を紐解き、表現を吟味《ぎんみ》する。言葉の美しさやニュアンスを習得するために、詩集や時には難しい評論などにも目を通す。ひとつの仕事を誠実にこなすと、次の仕事が貰える。可絵はそうやって地道な繰り返しを続けてきた。

じっくりと取り組めるほどの時間が貰えるわけでもない。本づくりは常に時間との闘いでもある。忙しいのを言い訳に、家事は後回しになっていたし、正直、暮らしのことにはさほど興味もなかった。食事なんてコンビニで十分だと思っていた。

でもステイホームが求められ、一日のほとんどを家で過ごすようになった。もともと定期的に出社をする仕事ではなかったとはいえ、カフェや図書館で作業をすることすらなくなった。

世間でも、きらびやかさよりも、家で穏やかに過ごす、いわゆる「おうち時間」を充実させることがもてはやされるようになった。

可絵ももうすぐアラフォーと呼ばれる年齢を迎える。世の中が新しい生活スタイルへとシフトしているいまこそ、食べものや暮らし方にも気を配る生活に変えていくチャンスなのではと思い、ライフスタイル系の通販サイトやSNSをチェックするようになった。

ｓａｙｏさんの投稿に出会ったのはそんな頃だ。

「ていねいな暮らし」

可絵はつぶやいてみる。すると自分がその住人の一員になれたような気がして、くすぐったくなった。誰も見ていないのに照れくさくなって、肩をすぼめた。

鉄のフライパンは手入れが大変だ。

〈鉄のフライパン　使い方〉と検索アプリの画面に打ち込むと、たくさんのサイトにヒットするが、書かれていることはだいたい同じだ。

使い始めはたっぷりの油を注ぎ弱火で加熱する「油ならし」という工程が必要で、使い終えたらすぐに洗って火にかけて水分を飛ばし、熱いうちに油を薄く塗る。そうしないと錆《さ》び付いてしまうらしい。

もちろん「ていねいな暮らし」の上級者には、こうした昔ながらの道具を手間ひまかけて使いこなしている強者も多い。

でもｓａｙｏさんの投稿によれば、彼女が紹介しているこのスキレットは、伝統の製法ながらも現代風に使いやすくなっていて、面倒な前処理なく気楽に使えるそうだ。手入れや管理も乾燥だけを心がければいいという。そのあたりのほどよいゆるさもｓａｙｏさんのモノ選びの魅力の一つだ。

浮き立つ気持ちのまま可絵が段ボールを開けると、もうひとまわり小さな箱が半透明の緩衝材に包まれて入っていた。その上に小さな平たい紙袋がチェック柄のマスキングテープでちょこんと留められている。中には領収書と通販ショップのカード。カードには手書きのメッセージが添えられていた。

〈このたびは当店の商品をお迎えいただき、とても嬉しいです。小橋さまの豊かな暮らし

のお手伝いができますように〉

几帳面な文字が並ぶ。購入者ひとりひとりに書いているのだ。こうした商品を扱うショップまでもがていねいな暮らしの世界に存在している。

可絵はすっかり感心してしまった。

子どもの頃ならプチプチとつぶして遊んだであろう緩衝材を外し、箱の蓋を開ける。すると、白い薄紙に包まれた商品が鎮座していた。

過剰包装、という言葉が頭をよぎったが、その考えを払うように首を振る。ていねいさや手間とはこういうものなのだ。

白い薄紙の中から、ようやく真っ黒い鉄器が顔を出した。

——素敵。

艶消しの黒い肌は深い海のよう。無駄のないスタイリッシュなデザインなのに、ぽってりとした丸みを帯びていて愛嬌《あいきょう》もある。両手で持ち上げ、いとおしむようにさすった。

ちょこんと付いている持ち手は小さく、片手で持つには重い。フライパンを振って料理をする、というよりも、コンロに置いたまま調理をするのに向いているのだろう。

可絵はスキレットをいったん箱に預け、冷蔵庫から生餃子のパックを取り出した。今日の午前中に商品が届くように時間指定をしていたから、昨夜のうちにスーパーで買っておいたのだ。

さっと水洗いをしたおろしたてのスキレットを、コンロに置く。ひとり暮らし用のキッチンにもぴったりの小ぶりなサイズだ。火にかけると、表面の水分が泡のようになってコロコロと踊った。

水滴がなくなったところで大さじ一杯のゴマ油を引き、餃子を中心から円を描くように並べた。行儀よく同じ方向を向いた餃子は風車の羽根のようで、いまにもぐるぐると回り出しそうだ。その羽根のまわりにカップ半分くらいの水を注ぐと、スキレットがジュッと音を出し、白い煙を立ちのぼらせた。

「中火にして、水分が飛んだところで仕上げのゴマ油をまわし入れて完成ね」

餃子のパッケージに書かれている焼き方を読み上げながら、スキレットの中を覗く。ぶくぶくと湯が沸《わ》き、餃子のまわりを包んでいく。その湯がとろりと粘り気を帯びて、鍋底の漆黒の肌が見えてきたところで、ゴマ油を全体にかけて火を止めた。

「さてと」

フライ返しを差し入れて皿に移そうとしたところで手が止まった。フライ返しが餃子の下にうまく入らない。こびりついてしまっているのだ。別の方向から入れてみてもダメだ。

鉄は熱を伝導しやすい。火を止めても熱さが持続する。それが魅力だといわれているけれど、いまはそれどころではない。焦《こ》げた臭いと煙がキッチンに充満する。

「熱っ」

焦って持ち手に触れ、慌てて体をひいた。スキレットは柄の先まで鉄製だ。火にかけたあとは、素手ではとても持てない。専用の鍋つかみがネットショップに並んでいたのはそのためだ。シンクの流水に指先を当てながら、そんなことにいまさらながら気づいた。

起床は日の出に合わせる。朝日の光を浴びて体を目覚めさせると精神面にもいいらしい。起き抜けにコップ一杯の白湯《さゆ》を飲む。軽くストレッチをしてから瞑想。姿勢を正して目を瞑り、呼吸に集中すると頭がすっきりする効果がある。マインドフルネス、とも呼ぶそうだ。そのあとでタンパク質に気を配った朝食をしっかりとって、身支度を終えた頃に、ようやく世の中が動き出す。

それらは〈ていねいな暮らし〉のハッシュタグが付けられた多くのページで〈モーニングルーティン〉というキーワードで紹介されている。

可絵も見習って取り入れてはいるが、こうした朝の習慣が快適か、と問われると返答に詰まる。むしろやるべきことに追われ慌ただしい。ひとつひとつをていねいに、とは案外労力をともなうものだと知った。

餃子の中身が散乱したスキレットを前に、可絵は肩を落とした。皮から具がはみ出したそれは、もはや餃子ではない。じんじんとする指先を気にしながら、中身をスプーンでこそげ落として口に放り込んだ。その頃には持ち手からすっかり熱がひいていた。

シンクに持っていき、スポンジでごしごしこすり落とすと、ようやく焦げ付いたところがはがれた。再びコンロの火にかけ、水滴が消えていくのをぼんやりと眺める。何度も暗唱した使用後の工程だ。使いこなすのをあんなに楽しみにしていたのに、もはやただ面倒なだけの作業になってしまった。

——疲れたな。

スマホの画面には、色よく焼けた餃子の画像が表示されたままだった。それを閉じ、ブラウザーの検索画面に〈疲れに効く〉と入力してみる。一番上に出たページをクリックすると〈免疫力を高めましょう〉という題字の下に、おすすめの食べ物やストレッチ、ツボなどが紹介される記事が続いていた。

「免疫力か……」

そのページにブックマークをつけてふたたびトップ画面に戻ると、メールのアイコンに受信を示す赤いマークが灯っていた。

送信元は編集部の坂下《さかした》さんだった。

〈ゲラが届きました。ご自宅にお送りしましょうか？　ちなみに私は今日は出社日で、定時まで席におりますので、ご来社大歓迎です。当方と致しましてはどちらでも構いません。

ご都合お聞かせください〉

この仕事は、下手すれば全く人に会うことなく本が出来上がってしまうこともある。まして やリモートワークが推奨されるようになってからはなおのことだ。原稿のやりとりはメールで出来るし、打ち合わせだってオンラインで事足りる。

翻訳者と編集者双方で修正など数度のやりとりを重ね、ある程度進んでくると、原稿が実際に本として印刷される形になって、プリントアウトされる。これがゲラと呼ばれるものだ。この段階でようやくデータから紙の形になる。

絵本や子ども向けの作品なら数枚で収まるが、大人向けの小説ともなればA4サイズの用紙が百枚近く。それなりのボリュームになる。もちろん自宅まで郵送されてくることもあるが、たいていは編集部に足を運ぶ。

少なくともこれまでは可絵はそうしていた。

しかしいまでは郵送はもちろん、ゲラがPDFなどのデータになってメールで送られてくることも当たり前になった。行ったところで、担当編集者が出社していなかったりもするのだから、わざわざ足を運ぶ必要もない。仕事としては全く問題ない。むしろタイムロスがない分、捗《はかど》る。でも人と会うことなく本が仕上がっていくのは、どことなく味気ない。だからだ。時間に余裕があれば、運動不足解消がてら、担当編集者の出社日に合わせてなるべく出向くようにしている。

いまお世話になっている編集部は、中央線に乗り、途中で各駅停車の総武線に乗り換えて数駅、そこから歩いて十分ほどのところにある。ドアツードアで三十分ぐらいあれば着く。

可絵は焦げ臭さの残るキッチンに背を向け、クローゼットから仕事用のショルダーバッグを取り出し、肩にかけた。

編集部のあるビルの一階は小料理屋が入居しているが、半年ほど前から閉まったままだ。臨時休業の貼り紙はすっかり色あせている。

古めかしい書体で定員五名、と書かれたエレベーターに乗ると、ガタンという振動とともにゆっくりと上昇し、三階でドアが開いた。エレベーターホールや中扉はなく、そのまま部屋に繋がっている構造だ。

「失礼します」

奥を覗いて声をかけると、

「小橋さん、ご足労いただき恐縮です」

アイボリーのカットソーにからし色のキャミソールワンピースを重ね、ブーティと呼ばれるくるぶしまでのブーツを履いた坂下さんが駆け寄ってきた。

「誰もいらっしゃらないんですね」

以前なら三十名近くの編集部員が慌ただしく働いていた室内が、いまはしんと静まり返っている。

「基本、在宅勤務でって会社からはいわれているんです。出社は一ヶ月に一度、なんて人もいるんですよ」

「できちゃいますよね。編集のお仕事はパソコンとスマホさえあればどこででも」

社内に並ぶデスクトップのパソコンが、主が来ずに所在をなくしている。

「そうなんですけどね。でも私なんかは自宅やカフェだとどうしても集中できなくって。会社のほうがコピー機もあるしモニターの画面も大きくて捗るんです」

と笑いながら、

「こちらがゲラです」

とA4サイズの茶封筒を手渡してくれる。厚さ三センチほどになった封筒の口から中を見ると、紙の束のところどころからピンクや黄色の付箋《ふせん》が顔を覗かせていた。

「けっこうありますねー」

付箋は編集者から翻訳者への問い合わせの箇所、つまりは修正依頼の印だ。

「いえいえ、大半は統一とかですから」

坂下さんは目を丸くして、とんでもない、という表情を見せる。

統一、というのは、一冊を通して表記を揃えること。例えば「わたし」と「私」のようにひらがなと漢字が混在しないように、とか、「あたし」のようにいいかたが違う場合どちらにするか、といったことだ。一冊の中で不自然に感じないように、という気遣いだが、シーンや内容によっては、あえて混在させるのもひとつの表現方法だと思う。そのあたりは翻訳者の裁量に関わる。

そもそも英語ではいずれも一人称の「I」。それをどう訳すかで登場人物のキャラクターや関係性が変わってくる。日本語の美しさを感じながら言葉を選んで紡いでいけるのは醍醐味《だいごみ》でもある。

「それからこれ、おみやげです」

細長い紙包みには、金沢の老舗《しにせ》菓子店の名前が大きく書かれている。

「ご実家に帰られていたんでしたね」

メールで聞いていた。

「ええ法事で。でも東京から行ったところで迷惑かけてもいけないので、お経聞いてお墓参りだけして、日帰りでした」

東京在住者が、いまやすっかり悪者扱いだ。地方では東京ナンバーの車は石を投げられるだの、近所の人に見つからないようにこっそりキャンプ場で落ち合うだの、都市伝説まがいのことが、どうやら現実に起こったりするらしい。そんな困難をかいくぐって辿り着いたおみやげだと思うと、重みが違ってくる。しずしずと頭を下げて両手で受け取った。

気持ちの上だけではなく、実際にかなりの重量感だ。まさか金塊や小判でも入っていて「おぬしも悪よのう」「いえいえお代官様も」的な賄賂《わいろ》ではないかと勘ぐりたくなるほどだ。もっとも編集者から翻訳者への賄賂なんて「締め切り守ってくださいね」というプレッシャー以外の何ものでもないが。

「精一杯がんばります」

と思わず口をついて出そうになる前に、

「ひとくち羊羹《ようかん》です。真空パックなので日持ちしますよ」

と中身を明かされた。

なるほど餡《あん》がみっちりのずっしりだったわけだ。

「重い」

「小橋さんはどうされてますか?」

話題はお互いの日常の暮らしぶりに移る。

「私はこれまでも在宅の仕事なので、とりわけ変わりはないですけど。それでも家で過ごす時間は増えましたね。一日中、外出しない日もありますよ」

「自炊とかされてます?」

「ええ、まあ」

曖昧《あいまい》に答える。具だけになった餃子を思い出しながら、果たしてあれを自炊と呼んでいいものかと自問する。

「いや、出来てないですね」

きっちり訂正。こういう時に自信を持って「やっています」といえたらどんなに素敵だろう。返事よりも吐いたため息のほうが大きく聞こえた。

「いいじゃないですか。私なんて毎日ウーバーさんですよ」

最近よく聞くテイクアウトの料理を宅配してくれるサービスだ。出前のアウトソーシングといったところか。

「手抜きし放題」

坂下さんが肩をすくめる。

確か彼女は夫とふたり暮らしだ。ひとり暮らしの自分ならまだしも、テイクアウトばかりで夫から文句をいわれたりしないのだろうか。そんなことを考えながら、ゲラの入った封筒とおみやげの包みを、肩にかけたままのバッグに脇の下からごそごそと入れていると、

「スケジュール、ややきつめですがお願いします」

坂下さんがぺこりと頭をさげた。やっぱりそうきたか。

「了解です」

羊羹分、肩が重くなった。

編集部を出ると、もう夕方になっていた。これから戻って夕飯を作る気力もない。そういえばこの近くに自然食のお弁当をテイクアウトできる店がある、と前にネットで見ていた。

スマホでサイトを検索していると、可絵の脇を、車がスピードを上げて通り過ぎた。大通りを避け、一本奥に入った。

その店を見つけたのはその時だ。

「あれ？　こんなところにカフェ？」

目線の先に、膝下くらいの高さの小さな看板が出ていた。

〈おひとりさま専用カフェ　喫茶ドードー〉

その下に〈免疫力を上げるコーヒーあります〉と慌てたようにマジックで走り書きしたカードが画鋲《がびょう》で留められていた。

「え、免疫力を上げる？　これはまさにいまの私のための店……」

検索画面を閉じて、路地を入った。

＊

路地の先には小さな一軒家があった。

入り口の〈開店中〉の札に誘われるように、金色のノブを握る。ギギギという音を出して水色のペンキで塗られた重いドアをひいた。

こぢんまりした店内はあちこちに古い木材が使われていて、まるで山小屋のようだ。タイル張りのキッチンの向こうでお湯を沸かしていた店主が振り向いた。

「いらっしゃいませ。ようこそ喫茶ドードーへ」

丸首のセーターにコットンパンツ。黒い厚手の胸当てエプロンをかけた背の高い男性だ。可絵より少し年上、三十代後半か四十代前半くらいに見える。寝癖のような縮れ毛は、天然パーマなのか、それともそうしたセットなのか。小さな顔には大きすぎるマスクの上で、黒縁の丸眼鏡の奥の目がわずかに微笑《ほほえ》んだ。

「ひとりなんですが……」

「はい。うちはおひとりさま専用カフェです」

そういえば看板にそう書いてあった。

昼と夜の間の中途半端な時間のせいか、店内には客が見当たらない。店主はそのフォローをするかのように、

「でも一日一組限定や完全予約制などではありません。念のためお伝えしておきますが」

と続けた。接客業をしておきながら、たぶん人見知りなのだろう。目を逸らせながら

訥々《とつとつ》と話す。

「おしゃれなお店ですね。こんなところにカフェがあるなんて、これまで気がつかなかったです」

「よくいわれます。森のせいでしょうか」

店主が首を傾けるのに釣られ、可絵も窓の外に目をやった。

確かにごく普通の住宅地には不釣り合いなほどに樹木が生い茂っている。それだけに見つけた人は自分だけの秘密の隠れ家にしたいのだろう。SNSなんかに投稿して広めたくない、という意識が働くのか、取引先も近いこのあたりの情報は、わりと頻繁にチェックしていたはずなのに、全く知らなかった。

「知る人ぞ知る、って感じなんですね」

可絵が前のめりになって尋ねると、

「来たい人だけ来てくれればいいと思っているのです」

と、店主がもじゃもじゃ頭に手をやった。

カウンターには五脚のスツールが並んでいる。ひとり客専用とはいえ、五人で満席か。今は席の間隔を保つために、席数を減らしているのかもしれない。あちこちに仕切りのアクリル板が並ぶ。こうした光景や、店員のマスク姿での接客もいまではすっかり見慣れた。飲食店は大変だな。おそらく大きなお世話だろうが、そんなことを思いながら入り口に近い席に座った。

「コーヒーいただけますか。あの、表に書いてあった免疫力を上げるっていう」

注文してから、可絵は手にしていたスマホをカウンターに置いた。

「あ」

それを見て店主がすかさず声をあげた。

「大丈夫です。写真は撮りませんから」

可絵があわてて手を振ると、

「いえ。店内は電波が入りづらいんです。もしお使いになるのでしたら」

淡々と店主が続ける。

「庭のお席はどうでしょう」

「え？　外にも席があるんですね」

窓越しに見ると、暗くなりきる前の澄んだブルーの世界が広がっていた。可絵は促されるままに席を立った。

入ってくるときには気づかなかったけれど、こんもりした木々に囲まれた芝の生えた空間に、ぽつりと木製のテーブルセットが置かれていた。

赤と白のギンガムチェックのビニール製のテーブルセンターがかけられたテーブルと低めの椅子は、子供用かとまごうような小ささだ。

おそるおそる座ってみたら、体がすっぽりとはまった。可絵はふっと肩の力を抜いた。

手持ち無沙汰にスマホを操作し、さっきブックマークした免疫力に関する記事のページを開く。読んでいくと効果のある食べものの最初に「玄米」と書かれていた。

「玄米か」

そういえばｓａｙｏさんも、毎日玄米を土鍋で炊いているって前に書いていたっけ。「玄米の炊き方」で検索をすると、たくさんのページの候補が並んだ。おすすめの土鍋も紹介されている。

可絵は、鉄鍋の餃子の残骸《ざんがい》を思い出していた。

頭の中にキッチンが映し出される。冷蔵庫と壁の隙間に置かれているほうきは、毛の先がぐにゃりと曲がり、周囲にホコリが溜まっている。ほうきなんて百円ショップでも売っている。ホームセンターだとしても数百円だ。そもそもワンルームマンションに掃き掃除の必要なんてあるのだろうか。掃除機があるではないか。にもかかわらず、良質の素材で日本の手仕事だ、というｓａｙｏさんのコメントに魅力を感じた。量販店の三十倍もの値段のするそれをネットショップで注文した。届いたほうきで部屋を掃《は》いただけで、優越感にも似た気持ちに満たされた。でも、それも一度使ったきりだ。

脳裏のカメラのアングルを上げる。

食器棚の奥には竹のせいろが眠っている。せいろで蒸した温野菜は二日食べただけで飽きてしまった。窓の外のベランダはどうだろう。バジルの苗木を買って育てた。水をやるだけで順調に伸びたが、ある日、葉に大きな穴が空いていた。よく見ると葉の裏に虫が付いていた。気味が悪くて手を離した。それ以降、ベランダを見ないようにしている。おそらくあのバジルは全部虫に平らげられてしまっただろう。

自分が失格の烙印《らくいん》を押されたような気分になった。

――もう失敗はしたくない。

いくつかの紹介サイトから、玄米の炊き方を教えてくれるオンライン講座を見つけ、即座に申し込んだ。

＊

お客さんを庭のテーブルに案内したそろりが、キッチンに戻ってきました。

冷蔵庫からショウガを取り出し、皮をむいて、薄切りにします。それから食器棚に並ぶ食器の奥から、ガラスの筒に金具の付いた器具を出しました。これは中蓋を下げてコーヒーを抽出するフレンチプレスという道具ですね。蓋を開け、挽いたコーヒー豆をスプーン二杯、ショウガの薄切りを三枚、最後に何種類かのスパイスを加えました。

ホーローのケトルの蓋が揺れて、カタカタと音を立てています。

そろりは口から白い湯気が威勢良く立ちのぼっているケトルをコンロからおろし、ガラスの筒にお湯を注ぎ入れます。最初はコーヒー豆が浸る程度の量を、それから手を止めて一呼吸、あとはゆっくりと筒の八分目くらいまで満たしていきます。

しばらく蒸らす時間が必要です。その間に手付きのバスケットを用意し、底にクロスを敷きました。

「カップとソーサー。それからナプキンも」

窓の外に目をやります。

「少し冷えてきているかな」

カウンターの脇にあったタータンチェックの膝掛けを丸めました。

コーヒーもほどよく蒸らされてきました。中蓋を途中まで落としたフレンチプレスに服を着せるようにネルのクロスで包んで、バスケットにそおっと入れました。

「これでよし」

うまい具合に全てが収まると、満足そうにうなずいて、ロープに取り付けたフックにバスケットの持ち手を吊るしました。

お客さんに声をかけようと窓から庭を覗くと、あたりはすっかり暗くなっています。少し待たせすぎてしまったのかもしれません。

「コーヒー入りました。そちらで受け取ってください」

と、声が届くように身を乗り出していってから、そろりは不器用に滑車を動かしました。

この滑車は、店内の柱と庭の真ん中に立っている楡の木の幹とをロープで繋いで手動で動かす仕組みになっています。そろりの手製ゆえにいびつなところもあって、ガタゴト揺れたりもするのですけれどね。

顔を上げたお客さんの手にはスマートフォンが握りしめられています。彼女はゆっくりと近づいてくるバスケットを見守りながら、

「こんな風に届けてもらえるんですね」

と、にこやかに笑いました。

バスケットが無事にお客さんの手元に渡ったのを窓から確認し、

「免疫力を上げるコーヒーです。ハンドルを下げてからお飲みください」

とだけ伝えて、そろりはまたキッチンの奥に戻ってきました。

＊

可絵はスマホをテーブルに置き、バスケットからカップ&ソーサー、それに布に包まれた細長いガラスポットを取り出す。

「へえ。フレンチプレスなんだ」

いわれたとおりにハンドルをおろし、カップに注いだ。一口飲むと、スパイシーな香りに包まれた。

——スパイス入りのコーヒーなんて珍しいな。

コーヒーの苦みにスパイスの香ばしさがブレンドされ、砂糖を入れていないのに、まろやかな甘みを感じる。鼻からすっと息を吸い込んだら、本当に深い森の中にいるように思えた。

肌寒さを感じ、ブランケットを膝にかけながら、改めてバスケットを覗くと、隅のほうにジャムの空き瓶のようなものがある。取り出してみると、瓶の中には円錐型《えんすいがた》のティーキャンドルが入っていた。ワンタッチ式のライターもある。

「これでキャンドルに火を灯すってことね」

カチャリとライターに火をつけてキャンドルの先に近づけると、ポッとまわりが明るくなった。スマホの画面に夢中になりすぎていたせいで、すっかり日が暮れていたことに気づいていなかった。

木々のざわめく音が可絵を包み込んでいた。キャンドルの灯りが揺れるのを眺める。

——なんか落ち着くなあ。

外出の機会が減ったおかげで、自由に使える時間は以前よりも増えた。にもかかわらず、常に何かに追われていたようにも思う。こんなふうにぼんやりと過ごすのは久しぶりだ。

たっぷりと時間をかけてコーヒーを飲み、可絵は席を立った。庭から店の中を覗くが、店主はキッチンの奥にいて、こちらには気づいていない。

「持っていったほうがいいかな」

可絵は飲みおえたコーヒーのセットをバスケットに詰めて、店内に入る。キャンドルだけが灯された店内は静かで、他の客は誰もいなかった。

「ごちそうさまでした」

バスケットを店主に手渡しながら、

「どうして免疫力を上げるコーヒーなんですか？」

と聞いてみる。店主は眼鏡を両手でちょっとずらし、掛け直す。マスクのせいで曇ったレンズが明るくなった。

「ええと……」

レンズ越しに目をパチパチと瞬かせながら、

「ショウガにシナモン、カルダモン、それから八角。あとはブラックペッパーも少し入っています」

と暗唱するように指を折る。

「そんなに色々？　だからあんなにスパイシーだったんですね」

鼻孔をくすぐった香りを思い出す。

「どれも体を温める効果があるスパイスなんです。免疫力を上げるには、冷えは禁物ですからね」

店主がピンと背筋をのばしていうところを見ると、自信作なのだろう。そういえば、さっき見たサイトにもそんな食材が並んでいたっけ。

——なんだか面白いお店だったな。

可絵は帰り道、心なしか体がぽかぽかするような気がした。

オンライン講座のおかげで、土鍋で玄米を炊くのにもずいぶんと慣れてきた。最初の何回かは吹きこぼれてコンロを汚したりして落ち込んだけれど、

「みなさん最初はそういうものですよ」

と、講座を主宰している玄米研究家の講師が励ましてくれた。玄米は食物繊維やビタミンが豊富で栄養面に優れているだけでなく、便秘解消や美肌にも効果があるそうだ。

十人程の受講生はみな向上心が高く、それも刺激になった。

「水分量を多めに炊いたほうがやわらかくなるかな、と思って試してみたんですが、そういうわけでもないんですね。やはり適量が大事なんですね」

という研究熱心な人や、

「玄米を食べるようになって、子どもたちがぐずらなくなったんです」

という子育て中の人もいて、年齢層も幅広い。

「玄米生活になってから、すっかり免疫力が上がったように感じます」

と、可絵も積極的に発言した。

「はじめての玄米」全四回のコースが終了すると、次にステップアップ講座が用意されていた。

「発酵《はっこう》玄米のコースもありますよ」

講師の言葉に、画面の向こうに歓喜の笑顔が並んだ。炊いた玄米を何日かかけて発酵させることで、栄養価があがったりデトックス効果が高まったりするらしく、専用の炊飯器まであるという。

「人気のコースなので、気になる方はお早めにお申し込みくださいね」

受講生が一斉にうなずいた。

発酵玄米に興味があったわけではないけれど、このまま続ければ、可絵もていねいな暮らしの住人たちに近づけるんじゃないか、と意気込んだ。

申し込みの初日にサイトにアクセスすると、すでに空いている日時は限られていたけれど、それでもなんとか一席確保できた。住所や支払い方法などの入力を進めていくと、最後に注意事項と同意のチェック欄があった。

〈この講座は新型コロナウイルスワクチンの接種をされない方のご参加はご遠慮いただい

ています〉

オンラインなのに接種証明や接種予定の確認がいるんだな、と不思議に思ったが、それだけ気を遣っているのだろう。そのままチェックをして最終確認に進もうとして手を止めた。

「違う……」

そうではない。

〈この講座は新型コロナウイルスワクチンの接種をされる方のご参加はご遠慮いただいています〉

この春から本格的に始まったワクチン接種も、医療従事者から高齢者へと順調に進んでいる。我々の世代にも自治体や職場単位で行う職域接種など、さまざまな機会が与えられている。

もちろんワクチンに関しては様々な意見があるのは知っている。接種するしないは個人の自由だと思うし、体質的に出来ない人もいる。未知のワクチンだから不安だという考えももちろん理解できる。ただ、こうして差別するのは行き過ぎではないか。同じ思想でなければ講座を受けることも出来ないのは、明らかにおかしい。

これまでは、オンライン講座を紹介するポータルサイトで講座の情報を得て申し込みをしていた。あらためてこの玄米研究家の名前で検索をかけると本人の公式サイトが見つかった。そこには「反ワクチン」「反原発」といった言葉とともに過激な主張がぎっしりと羅列されていた。

「何これ……」

健康的な食事をしたかっただけなのに、気づいたらこんなところに誘導されていた。ただていねいな暮らしがしたかっただけなのに。

可絵は心臓の妙な高まりを鎮めたくて、玄米生活をはじめてからしばらく訪れていなかったｓａｙｏさんのページを開いてみた。

ここならきっと救ってくれる、そう思ったのに、画面に並ぶ正方形の写真たちは以前とはすっかり様子が変わっていた。

草花をのせた木のスツールはなく、かわりにだだっ広い無機質な空間ばかりが続いていた。最新の投稿にはてかてかと光る真っ赤な箱状の家電がアップされ、商品名が大々的に表記され、その最新式のオーブンレンジがいかに優れているかを書き連ねたキャプションが添えられている。

〈キッチンがすっきり、時短、空いた時間でおとなの習い事〉

#で区切られた意識の高い言葉が続いた。いくつか前の投稿を見ても、玄米もほうきも鉄のフライパンも見当たらなかった。それでも最後はいつもの言葉で締めくくられていた。

「ハッシュタグは、ていねいな暮らし」

可絵は呪文のように呟いてみる。でもこれはきらめく魔法の呪文なんかじゃない。呪縛だ。いいでしょ、素敵でしょ。ていねいの押し売りだ。

――もううんざり……。

スマホを閉じ、机に付けた両肘の間に頭を埋め、目を閉じた。

＊

今朝はアラームが鳴らなかった。スマホの電源が入っていなかったせいではない。設定を間違えたわけでもない。ほかでもない、可絵自身が止めたからだ。意図的に。

起床時刻は四時五十八分。そのきっかり十五分前に目が覚めた。うすぼんやりとしたまま窓のほうを向くと、ブラインド越しにまだ朝になりきらない群青に近い空が見えた。それから迷うことなくベッド脇のスマホを摑み、アラームの設定をオフにした。これで十五分後に、鳥のさえずりをデジタル化した音声で起こされることはない。ふたたび目を閉じた。

二度目の目覚めは、もう昼の日差しがワンルームの真ん中まで差し込んでいる頃だった。こうなるとよく寝てすっきり、ではない。寝過ぎて頭が重い。もやもやした気分のまま、すっかりアラームの仕事を放棄したスマホをたぐり寄せ、横になったまま片手で操作し、

SNSのアプリを開いた。

おすすめの画面に、同じタイプの投稿ばかりが表示される。見る人の傾向に合わせて好みのページを上位に並べる機能があるようだ。その圧に蹴倒されそうになりながらもいくつかの写真をタップする。

今日も「ていねいな暮らし」の住人は、早朝から白湯を飲み瞑想をし、手の込んだ料理を作っている。見たくもないのに、反射的に指が動く。それでいて楽しい気分になるのではなく、駄目な自分に落ち込む。そのループから抜け出せない。可絵のモーニングルーティンはもう白湯や瞑想じゃない。

――これじゃあまるでスマホ中毒だ。

心の中で自分を嘲笑《あざわら》った。

起床が遅れたせいで、一日の残りがわずかになってしまった。翻訳した本が完成したと連絡を受けていた。郵送してもらわずに、編集部まで取りに行こうと思ったのは、あのカフェを思い出したからだ。もともと今日は坂下さんの出社日ではない。編集部の若い男性から本を受け取ると、足早に路地に向かった。

路地の入り口にはこの間と同じように、小さな看板が立っていた。でも何かが違う。違和感を抱きながら近づくと、

〈免疫力を上げるコーヒーあります〉とあった手書きのカードに、追加で何かが書かれている。よく見ると、〈免疫〉の字が×で消され、その上に小さく〈自己肯定〉と記されていた。

「自己肯定力を上げるコーヒー……」

可絵はその場でぼんやりと立ちすくんだ。

＊

「いらっしゃいませ。ようこそ喫茶ドードーへ」

くるくるの髪の毛が寝癖のせいか、ぼわっと盛り上がっている。

「庭の席にされますか？」

とすぐに聞かれて可絵は驚く。

「前に来たのを覚えていてくださったんですね。ええと、店主さん……」

「そろり、っていいます」

珍しい名前だな、と思っていると、

「愛称です」

と、消え入りそうな声でつけ加えてうつむいた。

「今日は店内で大丈夫です」

「でも……」

店主のそろりさんが可絵の手元に目をやる。

「いいんです」

可絵は握っていたスマホをバッグに放り込んだ。

カウンターに座ると、そろりさんがちらっと可絵の様子を窺った。

「自己肯定力を上げるコーヒーにされますか？」

口に出されると重い言葉だ。可絵はそろりさんからいくぶん目を逸らせながら、

「ええ」

と曖昧にうなずいた。

可絵は「ていねいな暮らし」のページでしばしば目にするコーヒーの画像を思い出していた。ｓａｙｏさんもアンティークのミルで、九州にあるコーヒー店から取り寄せた豆を挽いている、という投稿をアップしていたことがある。

何か特殊なドリップ方法を使うのだろうか、とキッチンに注目するとケトルから盛大に湯気が出ていた。

そろりさんが、コンロの火をカチリと止め、ケトルの蓋に手を触れた。その瞬間、

「わっ」

と熱さに叫んだ声が静かな店内に響いて、照れくさそうに頭を下げた。それを見ていたら、可絵は自分が鉄鍋で火傷《やけど》しそうになった日のことを思い出した。なんだか可笑しくなって、つい笑いが漏れた。あのときに落ち込んでいた自分が少しばかばかしく思えた。

それからそろりさんは今度は鍋つかみを使って、用心深く蓋を開けた。湯気がもわっと広がって、彼の黒縁の丸眼鏡を曇らせた。

「スプーン山盛り二杯」

とつぶやきながら、そろりさんがすっと背筋を伸ばす。何かの儀式をするかのように、緑のコーヒー缶から、粉状に挽いた豆を掬って、ケトルに入れていく。

「え、フィルターを使わずに、豆を直に入れるんですか?」

可絵が驚いて尋ねると、

「はい」

そう真剣な顔でうなずいて、再び蓋をした。

「これで豆が沈むまで待つんです」

やがてケトルからコーヒーのいい香りが漂ってきたかと思うと、可絵の前に空のカップが置かれ、ケトルがすっと寄せられた。

「自己肯定力を上げるやかんコーヒーです。そおーっと注いでお飲みください」

「やかんコーヒー?」

「お湯を湧かしたケトルに挽いた豆を入れて、そのまま置いておくと抽出されるんです」

「たったそれだけ？」

拍子抜けして聞くと、

「はい。それだけです」

と、さも当たり前、という風に答える。

ケトルからカップにゆっくりと注ぐ。少し濁《にご》ってどろりとした重みのあるコーヒーだ。

一口飲んでみると、深いこくの中に、苦みだけでない複雑な味わいを感じた。

ふと手元が明るくなって、はっと顔を上げると、いつの間にかテーブルにキャンドルが灯されていた。キャンドルホルダーには、この間と同じくジャムの空き瓶が使われている。

「このコーヒー、美味しいですね。飲んだことのない珍しい味がします」

可絵はケトルのコーヒーをカップに足す。

「ケトルの底に粉がたまっていて、それが雑味になるので、最後まで注ぎきらないほうが……」

時すでに遅し。可絵のカップには残りのコーヒーが全て注ぎきられてしまっていた。

「すみません。説明が遅くなってしまって」

そろりさんは一瞬、肩をすぼませるが、

「でも、それはそれで美味しいですよ」

そういったきり背中を向けて、シンクで洗い物をはじめた。

確かに舌触りはざらっとする。でもどっしりとした強さは、体験したことのない味わいだ。コーヒー豆の全てを余すところなく口にしているようで、野性的な魅力を感じる。

――やかんコーヒーっていっていたっけ。

すぐに検索してみようとバッグの中のスマホに伸ばしかけて手を止めた。別にいまそれを知る必要もない。それにどのみちここでは電波が入らないんだ。

「雑味か……」

口からこぼれ落ちた。

可絵は自分に問いかける。何のためにSNSを見るのか。情報を得るため？　それなら必要なことだけ調べればいい。にもかかわらず、一日二、三時間は当たり前、気づけば五時間以上もぼんやりとスマホばかり見ていることもある。起きている時間の大半をそんなことに費やしている。何のために？　ｓａｙｏさんの暮らしを覗くため？　会ったこともなく顔すら知らない人の生活を知ってどうするのか。そもそも「ていねいな暮らし」ってどういうことなのか……。

ケトルの底にたまったどろりとしたコーヒー豆が刺激になったのか、次から次へと自分への疑問が湧いてくる。

「ていねいな暮らし」の住人たちは、まだ家族が起きてこない早朝や一日の終わりに、自分のためだけにていねいにコーヒーを淹れるのが豊かな時間だ、と揃って口にする。インスタントコーヒーを淹れるのですら面倒だと思う可絵は、やはり駄目な人間なんじゃないか、と落ち込んだこともあったが、それは本当に情けないことなのか。鉄のフライパンで上手に餃子が焼けないことが果たして恥ずかしいことなのか。

「私、誰かがいうおしきせの素敵に押しつぶされそうになっていたんです。そうじゃなきゃ駄目だ、って自分を追いつめて」

SNSに縛られていた日々のことを可絵は打ち明ける。

「ぼくは思うんですけれど」

静かに聞いていたそろりさんが、おもむろに口を開いた。

「自分を取り繕ったり自慢をするのってパワーがいるんですよ。だからSNSなんかでそのパワーを真っ正面から受け止め続けるのってけっこう疲れるんじゃないかな、って。よそ見しているぐらいがちょうどいいんですよ。ほら、リスみたいにね」

マスクのせいでくぐもっているのか、低く静かな声が可絵を安心させる。

「リス？」

「そう。リスって、冬の間は巣穴の中にこもって過ごすんです。秋の間に食料を集めておいて、自分はふかふかの冬毛になって。そうやって冬をうまいことやり過ごすのです」

両方の頰にいっぱいの木の実を詰め込んで巣穴に運ぶリスの姿を想像していたら、気持ちまであたたかくなってきた。

「やり過ごす……」

毎日を快適にしたいと思ったはずなのに、気づけば「ねばならない」にがんじがらめになっていた。

黙り込んだ可絵を見守っていたそろりさんが、キッチンの引き出しをガタゴトあけた。何かを探しているようだ。

しばらくして、ちびた一本の鉛筆が可絵に差し出された。

「これを」

渡されるままに手に持つと、

「芯を持つ、です」

とこの上なく自信を持った口調でいう。

「え?」

可絵がとまどっていると、

「あなたに必要なのはこれです。自分自身の芯を持つことです」

「あ、駄洒落《だじゃれ》?」

吹き出してしまった。が、そろりさんはいたって真面目だ。それからまたゴトゴトやっていたかと思うと、今度は使い古された鉛筆けずりを差し出してきた。三センチ四方ほどのプラスチック製の箱に金具のついた懐かしいタイプのものだ。

「芯を研ぐ。研ぎ澄ます、です」

これならどうだ、といわんばかりの表情だ。

「他人の基準に振り回されて自分を見失ってはもったいないです。自分がいいと思えばいい。ただ、そのためには自分の研ぎ澄まされた芯を持つことが大切なんです」

「芯……」

両手に持った鉛筆と鉛筆けずりに目を落としていると、そろりさんがキッチンから出てくる。

「よかったらそれ、お持ち帰りください」

にこやかにいわれたが、鉛筆なら家にも沢山ある。やんわりと断る。

「そうですか」

残念そうに肩を落としたそろりさんが、はたと顔を上げ、

「ところでアメリカ人って薄いコーヒーが好きなんだと思います?」

といきなり妙なことを尋ねてきた。

「さあ」

と首を傾げた。きっとインターネットに答えはあるだろう。でもいまはそれよりも、と、可絵はとんがった鉛筆を想像しながら右手をぎゅっと握りしめた。心に芯を持つ、か。な

るほどね。

「ごちそうさまでした」

お会計をしようとバッグに手を入れると、何か硬いものに触れた。前に編集の坂下さんにもらったお菓子がそのまま入っていた。賞味期限はまだ先だと、入れたまますっかり忘れていた。

「あのこれ、よかったらどうぞ。ひとりじゃ食べきれないので」

と包装を解いて、小分けのパックをひとつ渡す。

そのときにふと思った。坂下さんはご自身の暮らしぶりを自虐的に笑っていたけれど、あれはどこかギスギスしていた可絵に対するやさしさだったのかもしれない。そんな心づかいこそがていねいさなのではないか。それに彼女は、食事は宅配ばかりと肩をすくめていたが、だからといって、決して駄目な人間なんかじゃない。価値基準はそんなところではない。手本になる人間は、可絵のもっと身近にたくさんいた。

雑味だって旨味になる。自分が美味しいと思えばそれでいい。人まねじゃなくて、自分の価値基準を持つ。自分が快適なら、それが理想の暮らしになるのだ、と。

顔を上げるとキッチンの奥の柱に飾られた、小さな額に入った絵に目が留まる。

「あれ、ドードーですよね」

ブルーの背景に淡いピンクやグリーンが混ざりあった水彩で、店名のドードーが描かれている。飛べない鳥のこちらを向くつぶらな瞳がなんともキュートだ。

「ええ」

そろりさんが眼鏡を持ち上げながら、その絵をちらりと見てうなずく。

「ドードーって『不思議の国のアリス』にも出てくる鳥ですよね」

「不思議の国」に迷い込んだアリスは、テーブルの上にあった瓶の中身を飲んで小さくなる。自分の涙の海に溺《おぼ》れながらも流れ着いた海岸で、ドードーに出会うのだ。

有名なジョン・テニエルの挿絵によれば、アヒルのようなくちばしの先はカギ状に曲がっていて、ずんぐりとした体型はダチョウに似ている。柱の額のドードーも丸いからだに短い足で立っている。

「絶滅しちゃいましたけどね」

そろりさんが苦笑する。発見から百年ほどで絶滅してしまったそうだ。

可絵は子どもの頃にアリスの本に夢中になって、いつか原語で読めるようになりたい、と思ったのが英文学の分野に進んだきっかけだった。いまの仕事の原点だ。

忘れていた幼い日の記憶が可絵を素直にさせた。

「そのせいでしょうかね。このお店にいると、なんだかおとぎ話の中にいるみたいです」

店の外は静けさに包まれていた。青みがかった空をじっと眺めていたら、かすかに星の瞬きが見えた。

——必要だったのは、何か、ではなく、こういうささやかな時間だったのかもしれない。

可絵はしばらく森の中に身を委ねていた。

＊

立ち去るお客さんを見送ったそろりは、いそいそとキッチンに戻って、コンロの火をつけました。

さっきテーブルトップにこぼしてしまった豆が小皿によけたままになっています。それを沸騰《ふっとう》したお湯にざっと入れて、もらったばかりの包みに目を近づけます。

「お、黒糖羊羹だ」

満面の笑みで、封を開けました。ケトルの中ではコーヒーがほどよく抽出された頃です。

今宵も静かに夜が更けていきます。

第二話

心が雨の日のサンドイッチ

朝からずっと雨が降っています。正確には朝からではありません。昨日も一昨日も雨でした。もっといえば、この一週間、晴れ間を見たことがありません。天気予報を伝える新聞の片隅では、この先も開いた傘のマークが並んでいます。仕方がありません。そういう季節なのですから。

古びた小屋を改装した「喫茶ドードー」の店内の様子はどんなでしょうか。こんなお天気ですから、もちろんほの暗いのですが、ところどころにキャンドルが灯ってゆらゆらと揺らめいています。

キッチンカウンターには見慣れないガラスのジャーが並べられています。アルミ製の金具で密閉できる保存瓶です。ざっと見たところ五、六個はあるでしょうか。

店主のそろりは、さっきからジャーを手にシンクとコンロの間を何度も行き来していま す。何をしているのでしょう。少し近くに寄ってみましょう。どうやら水を張った大きな鍋にジャーを入れて、ぐつぐつと煮ているようです。煮沸《しゃふつ》消毒をしているんですね。

「沸騰したまましばらく置いたら火を止める。で、鍋からジャーを取り出す、と。火傷しないように……」

ここで焦ると大惨事が起きかねません。そろりはトングを使って慎重にジャーを持ち上げます。そのままゆっくりとキッチンのテーブルトップで待機している布巾に伏せました。風呂上がりの脱衣室のように、湯気がもくもくとあがりました。

「一個、二個、三個……」

水滴を帯びた瓶を数えながらそろりは指を折ります。

「もう一個くらいやっておこうかな」

乾いた瓶を、まだ熱さの残る鍋に沈めました。


「喫茶ドードー」は人の行き交う賑やかな街の一角にあります。それなのに郊外にいるような開放感を感じるのは、大通りから一本入っているせいだけではありません。店を囲むように樹木が生い茂り、ここだけさながら小さな森のようなのです。お天気のいい日には、鳥のさえずりや、木々の葉がすれる音が心地よく響いたりします。

でもいまは途切れることなく雨の降る音だけが届いてきます。それは「しとしと」だったかと思うと時折「ざーざー」と激しくなり、しかしたいていは細い糸のような雨が降り続いているのでした。窓の向こうは磨りガラス越しのように、全てがぼんやりとにじんでいます。

「静かだな」

そろりは店全体が白い糸に包まれ、現実と隔離しているような、そんな感覚におそわれました。そう思えるほどにずっと雨が降り続いていたのです。

雨音はたえず聞こえているのに静けさを感じるのは、雨が他の物音を吸収するからです。草木が揺れる音も動物や虫がさざめく声も、人や車の動く音すらも。

そろりは煮沸して伏せていた瓶から、水滴が少しずつ消えていくのを確認して、食材の準備に取り掛かりました。

＊

重田凌《しげたりよう》の朝は早い。

どうやらまだ外が真っ暗なうちから起き出しているようだ。多加良世羅《たからせら》が七時にセットしたアラームで目覚め、リビングに行く頃には、パソコンの前で派手なジェスチャーをしながら、相づちを打っている。ヘッドホンを着けているから、どんな会話なのかはわからない。もっとも、会議は英語で行われているのだから、音声が聞こえたからといって正しく理解できるわけではないのだけれど、闊達《かったつ》な意見交換がされているのは、画面を一目見ただけでも伝わってくる。ほぼ毎朝行われているオンライン会議は、本社のある現地時間に合わせているというが、それならば、これまではどうしていたのだろう、と世羅は不思議に思う。

パジャマ姿のまま、画面に映り込まないように、身をかがめながら凌のうしろを通ってベランダに出る。そんな世羅に凌が軽く目配せしてにこっと笑った。

凌と知り合ったのは大学の教室だ。世羅が学部生の三年のときに、大学院生だった凌が授業の聴講に来ていた。

最初の授業でたまたま席が隣り合わせになったのがきっかけだ。パーカにデニムというごくふつうの服装をしているのに、足元だけが素足に下駄《げた》、という出で立ちに、「なんか変わった人だな」というのが第一印象。でも単位取得が主な目的と化している学部生と違い、専門分野の研究を深めるためとはいえ、評価がつくわけでもないのに毎回きっちりと遅刻することなく出席し、課題を提出し、授業中のグループワークにも積極的に取り組む姿には感心した。ディスカッションでは、世羅が思いつかないようなユニークな意見がポンポンと出てくるので、聞いているだけでも楽しくて、次第に気になる存在となっていった。

席順があらかじめ決められている授業ではなかったので、どこに座っても構わないのだけど、不思議なもので最初に座った席が自分の指定席になる。日によって席を変える学生はごくわずかだ。世羅の隣の席にはいつも凌がいた。そしていつしかプライベートでも隣にいるようになった。

一足先に社会に出た凌は、アメリカに本社のある通信会社の日本支社に、そして一年遅れで卒業した世羅は、学習教材の販売や学習塾の経営を手がける企業に入社した。営業を経て、一昨年から現場に配属された。

もともと幼児教育に興味があった世羅は、小学校就学前の児童を対象にした塾の運営部門に加わることが決まったときは、目標が達成された喜びに満足したが、仕事とは当然ながらそこから始まる。こなせることも少しずつ増えてはきたが、まだまだ思うようにいかない日のほうが多い。

パジャマからスーツに着替え、ナチュラルながらもメイクを施《ほどこ》すと、自然と仕事モードにスイッチが切り替わる。こちらに顔を向けた凌に、声に出さず、「行ってくるね」と手をふると、パソコンを置いたダイニングテーブルの下の手が小刻みに左右に動いた。

画面の相手はさっきとは違う。どうやら本日、二回目の会議がはじまっているようだ。

一緒に暮らしはじめたのは、世羅が社会人一年目のときだ。そのときは二十五歳だった三つ上の凌も、もう三十歳だ。世羅の会社が独自に行っている最近の意識調査では、二年付き合って同棲《どうせい》、その後二年で結婚がおおかたのセオリーらしいが、凌と世羅はいまだに籍を入れていない。選択的夫婦別姓制度、それが現実になるまでは入籍を保留にしよう、とふたりで決めていた。選挙のたびに議論にあがり、その都度期待するのに、一向に実現する兆《きざ》しは見られない。

「夫婦同姓が法律で義務化されているのは、世界でも日本だけなんだ」

と教えてくれた湊も、

「夫婦が別々の姓であることってそんなに悪いことか？」

と首を捻《ひね》る。

実現しない理由としてあげられる「イエ制度」という感覚が上の世代はいざしらず、世羅たちにはどうにもピンとこない。

こだわっているのは姓の問題だけではない。海外に目を向ければ、閣僚の半数以上が女性という国も多く、首相はじめ連立する政党の党首全員が女性という例もめずらしくないというのに、去年発足した現内閣では、平均年齢こそ多少若返ったとはいえ、二十人の閣僚のうち女性はたった二人。割合にして十パーセント。女性リーダーが増えるどころかジェンダーギャップの改善にはほど遠いのが現実だ。

性別にかかわらずみなが平等に暮らせる世の中へ、そのわかりやすい主張が別姓問題だ、と世羅は考える。別姓でいるという一線を守ることが、自らの意思を表面化できるせめてもの形だというのが、私たち二人が出した結論だ。

これからの時代を牽引《けんいん》するならば、昔ながらの制度に甘んじていてはならない。古い考えからは脱却すべきだ。それぞれが自立して平等でありたい、その上で互いが互いを支え合うような関係でいたい。同棲をはじめる前に、それぞれの親にそう電話で伝えたが、私たちの考えに異論が唱えられることがなかったのはありがたかった。

＊

そろりは冷蔵庫を開けて、庫内灯に照らされた庫内に頭を突っ込んで、食材を選び出しています。

「きゅうりにタマネギでしょ。ハーブは絶対必要」

とつぶやきながら、芝のような淡いグリーンの葉の束を手にして、目を細めます。

「周囲を浄化するかの如く瑞々《みずみず》しい……」

どうやら鮮度に非常に満足な様子です。

「キャベツ、トマト、山椒《さんしょう》の実。野菜はとりあえずこのくらいでいいとして、あとは魚だな」

ニシンは、お魚屋さんで刺身用に切ってもらっています。

「それと」

そろりは頬を緩めながら、イチゴのパックを取り出しました。

考えがまとまったようです。意気揚々とキッチンに立ち、白いシャツの袖をまくりあげました。布巾の上の瓶からは、水滴が消え、キャンドルの灯りに照らされ、キラキラと輝いていました。

＊

このところの雨続きで、地球全体が水の中に沈められてしまったように感じる。傘の水滴を落としながら、湿気でくもった自動ドアを入ると、受付に座っている真田《さなだ》さんに出迎えられた。

「多加良先生、おはようございます」

「お疲れさまです、真田先生」

早番の真田さんは朝五時には出社しているはずだ。にもかかわらず、定時の九時に出社した世羅に爽やかな笑顔を見せてくれる。

塾内では、専任の講師だけでなくスタッフもみな「先生」と呼び合う。事務方の世羅も「多加良先生」と呼ばれることにすっかり慣れた。

「どなたかいらしているんですね」

スタッフの私物は事務所内に置くことになっている。入り口付近の客用の傘立てには、透明のビニール傘と子ども用の鮮やかなピンク色の柄の傘が並んでいる。

　世羅が配属されている「木馬キッズアカデミー」は、私立小学校の受験を控えた幼児向けの学習塾だ。有名校に入学させるための、四歳児からを対象とした「ブリリアントクラス」がメインだが、前段階として用意している「プリンセスクラス」では、まだ言葉もおぼつかない二歳児から預かることができる。

　余程教育熱心な親が、と思うだろうが一概《いちがい》にそうとばかりもいえない。うまくいきそうだったら受験させよう、という子どもの特性の様子見のケースもあるし、保育所感覚で利用している家庭も多い。そうした需要も見越して、ここでは一定の基準に沿って人員や設備を整え、学習塾だけでなく、保育所としても登録している。朝六時から夜十時まで預けられるのはありがたいようで、多少月額が高くても、それなりの需要がある。

　火曜日の今日は、学習塾の授業は夕方のコースだけだ。この時間から、ということは託児室のお客さんだろう。

「ええ。斎藤《さいとう》様が八時からいらしています」

「比子《びこ》ちゃん？」

「今日はお母様も一緒です」

　このあたりはいわゆる高級住宅街とされる地区だ。斎藤さん親子は、その中でも特に富裕層が多いといわれている五丁目で暮らしている。一人娘の比子ちゃんは三歳になったばかりだ。母親は専業主婦だけど、少しでも社交性を養いたいとの想いで、半年ほど前から通ってきている。だいたい午後の二、三時間が多いので、朝からの利用は珍しい。

託児室を覗くと保育士の高部《たかべ》さんと斎藤さん、それに比子ちゃんが三人で絵本を選んでいるところだった。

「あ、たからせんせいだ」

比子ちゃんが駆け寄ってきてくれる。

「おはよう、比子ちゃん。今日は早いね」

頭を撫でたり手を握ったりしたいところだが、このご時世、気にする親も多い。直接のふれあいはなるべく控えよう、とスタッフ内で取り決めている。

「今日、パパが在宅ワークで、お仕事のじゃまになりそうなので早めに来ちゃいました。私も一緒にいていいかしら？」

「もちろんです」

四歳児以上のブリリアントクラスでも親が授業中ずっと待機しているケースは多い。もっとも年次が上のクラスでは、教室内までは親は立ち入れないので、外の廊下からガラス越しに参観することになるのだが、こちらまで見張られているようで若干居心地が悪いのが正直なところだ。

「比子ちゃんもママとずっと一緒にいられてよかったね」

「うん」

こくりと大きくうなずいたかと思うと、世羅にくるりと背を向け、一目散に母親のもとに駆けていく。

「ママ大好き」

と、比子ちゃんは両手を広げた母親の腕の中に突進した。

「そうだよねー。ママ、優しいもんね」

世羅がいうと、比子ちゃんが嬉しそうに答える。

「うん。それにかわいいから、大好き」

女の子はこんな幼い頃から美しいものへの憧れが強いのだ。斎藤さんは色白の頬をうっすらと染めて、

「ありがとう」

と、くすぐったそうに笑った。

天使のよう、ってこういう人のことをいうのだろう。世羅はブランケットに包まれているようなぬくもりを感じながら窓際のカーテンを整えていると、斎藤さんのやわらかい声が聞こえてきた。比子ちゃんに絵本を読んであげているのだ。

——懐かしいな。

振り向くと、斎藤さんが開いた横長の絵本を、比子ちゃんが身を乗り出して覗き込んで

いる。表紙には、緑色の電車が大きく描かれている。征矢清《そやきよし》さんの文章と長新太《ちょうしんた》さんの絵で綴《つづ》られた福音館《ふくいんかん》書店の絵本『かさもっておむかえ』だ。

雨の日に女の子が父親の働く会社に傘を届けにいくまでの小さな冒険物語だ。途中、動物ばかりが乗っている不思議な車両の「乗客」に助けられながら、目的地に向かう。ひとりぼっちでドキドキしながら出かける緊張感や未知の世界に踏み込む勇気、成し遂げたときのホッとした気持ちが伝わってくる絵本で、世羅もよく母親にせがんで読んでもらったことを思い出す。

保育士の高部さんも少し離れた場所で、斎藤さん親子を見守りながら、本棚の整頓《せいとん》をしている。世羅はそっと事務所に戻ろうとしたところで、あれ？　と足を止めた。

確かここで歌のフレーズが入る、と記憶していた箇所だ。昔、母が読み聞かせをしてくれた時に、文章の一節に音程をつけて歌ってくれた。それがすっかり頭の中に入っていたから、違和感があった。斎藤さんは、文節を切りながら詩のように読んでいた。絵本の文章は文字だけで書かれている。楽譜もリズムもない。調子が違うのは当然だ。

——同じになるはずがないか。

とすぐに気づいて託児室を出た。

業者と新しい教材の打ち合わせをオンラインで行い、そろそろ本格的に詰めていかなくてはいけない夏期講習の要項を取りまとめているうちに、もう昼だ。ノックの音に返事をすると、高部さんが立っていた。

「斎藤様、お帰りになられるそうです」

受付前で斎藤さんは比子ちゃんの腰に雨よけのスカートを巻きながら、

「パパのお昼の時間なので、今日はこれで。比子も連れて帰ります」

と、世羅に顔を向けた。

各家庭の事情やその時々の予定によって融通が利くのも、うちの売りのひとつだ。ほかの学習塾や保育所との差別化をはかって、少しでも利用者を増やしていくのが、世羅たちに課せられたミッションでもある。

「かわいいレインスカートだねえ。あれ、傘とおそろいなの？」

尋ねると、比子ちゃんが得意げにこちらを見る。濃いブルーや緑などに彩られたポップな幾何学《きかがく》模様がスカート全体にデザインされている。

「これ、ムツコイソガイっていう日本のテキスタイルデザイナーさんの作品なんですよ。このレインスカートは今年の新作で、争奪戦だったんです」

斎藤さんが教えてくれる。

「気持ちまで明るくなりそうですね。こんな雨の日でも」

ドアの向こうは相変わらずのどんより空で、雨は一向に止む気配もない。

「このスカートを穿きたくて、雨の日はお出かけ好きなんだよねー」

と比子ちゃんに微笑みかける。

「そうなんだ。いいねー」

世羅が笑いかけると、斎藤さんがふと話題を変えた。

「多加良先生のところのパパは、普通にご出社されているんですか？」

「パパ？」

父親のことを聞かれたのかと戸惑った。

「ごめんなさい。ご主人のこと」

「ああ、夫ですか。うちもテレワークですよ。朝から会議やっていましたよ。スーツ着てあぐらかいて」

笑う世羅に、斎藤さんが心配そうに聞く。

「お昼、用意してきているんですか？」

「いえいえ。うちは自分で適当にやるんで」

凌は家事も一通りこなせる。一緒に住むようになってからも、出来るほうがやる、という考え方は変わっていない。

「旦那さんが多加良先生の分も作ってくれたりするんですよね。いいですよねー。私もそんな人と結婚したいです」

目下婚活中の受付の真田さんが羨ましそうに話す。

「たまにですよ。簡単なもの。カレーとか」

凝った料理ではないけれど、手際のよさでは世羅よりも上なのではないか、と思う。

「うちのパパなんかレンジのチンですらやらないんですよ」

と困った顔で話していた斎藤さんだが、

「ねえ、早くぅ」

と比子ちゃんに手をひかれ、

「では失礼します。ありがとうございました」

と自動ドアを出ていった。鮮やかな色の粒が比子ちゃんのスキップと一緒に軽やかに踊った。

後ろ姿を見送りながら、世羅は心の中の違和感をいつものことながら拭《ぬぐ》えずにいる。パパ、旦那さん、ご主人……。対等であるはずの「一緒にいるもうひとり」の呼称だ。意識しすぎかもしれない。口にするほうはそこまで深い意味はないのだろう。単に呼びやすいからそうしているだけかもしれない。でも呼び名が役割を決めてはいないか。「ご主人」だから「奥さん」が家の面倒をみなくてはいけなくなるのではないか。「パパ」だから子ども中心になるのではないか。

世羅の中では籍は入れていなくても凌は夫であり、世羅は妻だ。それ以上でもそれ以下でもない。余計な役割なんか必要ない。

駅に着いたら、改札口が混み合っていた。いつも通勤に使っている電車が、電気関係の故障でダイヤが乱れているようだ。スマートフォンの乗り換え案内のアプリで検索しながら、慣れない路線を乗り継いだ。

「この駅から少し歩けば、そのあと直行できる地下鉄に乗り換えられるか」

人いきれのする電車を途中下車した。


「あめふりざんざんぶり　かさもっておーむかえ」

ビニール傘に雨の粒が当たって流れ落ちていく。口ずさむ歌のリズムに合わせて傘をくるりと回したら、小さな水しぶきがあがった。

読み聞かせをしてくれた母の声がよみがえる。父が他界したのは、世羅が小学五年生のときだ。シングルマザーで世羅を育て上げ、大学まで行かせてくれた。再婚の話は度々あったようだ。母がシングルで通したのはもちろん父のことを愛していたからだろう。でも、「たからせらです」とそう自慢気に名乗っていた世羅の想いを守ってくれたのだと思う。世羅にとっては多加良姓は亡き父との繋がりの証でもあったからだ。

「びしょぬれぼーうず　なーけなけ」

歌声がかき消されるほどの雨音が傘に落ちる。急に雨脚が強くなったようだ。

——こんなことなら長靴にすればよかった。

アイボリーのパンプスは防水加工された雨用だけれど、甲や脇から入り込んだ雨で、すでにストッキングはじっとりと湿っている。肩にかけたショルダーバッグも水滴を帯びている。バッグの中には自宅で見直そうと持ち帰ってきた資料が入っている。濡らすわけにはいかない。

世羅は横道を入り、木陰に入った。いくぶん雨を避けられた。

——しばらく待てば小降りになるかな。

そう思いながら、空を見上げた目を落とすと、二、三歩先に小さな看板がぽつりと置かれていた。雨よけのビニールカバー越しにみみずの走ったような文字が並んでいる。

〈おひとりさま専用カフェ　喫茶ドードー〉

世羅は看板に近づいていく。店名の下には手書きのメモが画鋲で留められていた。

〈雨の日のサンドイッチ、あります〉

どのみちいま帰ったところで、淩は仕事中だ。少し雨宿りでもしていこう。

どうやら店は脇の路地を入ったところにあるようだ。木陰は路地の奥まで続いている。

世羅は木々が作る天然の傘の下を、小走りに店に向かっていった。

路地を抜けると、思いのほか広々とした空間に出迎えられた。芝の生えた庭では、アウトドア用のテーブルと椅子が雨に濡れていた。天気がよければ、オープンエアの客席になるのだろう。都会の中なのに、山小屋のような造りの建物に近づいていく。

玄関は軒が張り出しているおかげで雨の入り込む余地がなく、足下のコンクリートは乾いていて、薄いグレーの色を保っている。ずっと雨の中にいたせいで、それだけでも、世羅はホッとした。

＊

水色のペンキで塗られたドアに付いている金色のノブをひくと、内側のベルがチリンと鳴った。

「いらっしゃいませ。ようこそ喫茶ドードーへ」

くるくるの髪に丸眼鏡をかけ、黒い胸当てのエプロンに両手を突っ込んだまま、背の高い男性がこちらを振り向いた。ほかに客はおらず、店員もこの男性ひとりだ。

店内は、厨房《ちゅうぼう》というよりも台所と呼んだほうがふさわしいコンパクトなキッチンとカウンターのみで、カウンターには五脚ほどの椅子が置かれている。

――この狭さなら、ひとりで切り盛りできるだろうな。しかもお客さんもそんなに多くなさそうだし。

と世羅が思っていると、それが聞こえたわけではなかろうが、

「今日はこんなお天気だから、たまたま暇なんです」

と、店主が「たまたま」を強調して話す。言い訳めいているけれど、ふて腐れたような表情にどこか憎めない愛嬌が感じられ、世羅は自然と笑みがこぼれた。

「表の看板に書いてあった〈雨の日のサンドイッチ〉ってどんな具ですか?」

「苦手な食材やアレルギーがあったら教えてください。そうでなければ食べてからのお楽しみです」

なるほど。つまり「シェフのきまぐれ」ってやつだ。それならそれで構わない。

「いえ、なんでも食べられますので、それをお願いします」

濡れたバッグとジャケットの裾をミニタオルでふきながら世羅が答える。

「お好きなお席どうぞ」

カウンター前の椅子は、脚こそ長くなっているけれど、幼稚園や図書館の児童コーナーに置いてあるような木製で、入り口のドアと同じ水色をしている。腰掛けると、カタンと音がして少々不安定ながら、やわらかな感触がした。

店内は鍋や食器が整然と並び、木のおもちゃや植物なんかも置かれている。柱には小さな額入りの絵が飾られている。力の抜けたようなおどけた表情の鳥は、たぶんお店の名前

のドードーを描いたイラストだろう。

奥はどうなっているのだろうかと世羅が覗き込むと、不釣り合いなほどに大きなプロペラのようなものが目に入った。

「あれ、何ですか？」

キッチンで作業をしている店主に声をかけると、

「風車です。まだ試作中なんですけど」

と顔を上げずに答えた。

「風車？」

「そう。風力発電ができはしないものかと。でも雨続きでちっとも試運転ができないんです」

駄々っ子《だだこ》のように首をひねる。

「電気が通っていないんですか？」

うっそうと茂る木々がさえぎるのだろうかと、世羅が驚いて尋ねると、

「いえ。多少なりとも地球のためになればな、と」

と、小刻みに頭を動かした。くせの強い髪の毛がリズミカルに揺れた。

気候変動の観点から、石油資源の使用を控える動きが世界的に急ピッチで進められている。最近では小学校でもＳＤＧｓに関する教育は必要とされているだけに、世羅の塾でも

カリキュラムを考える段階にきている。ちょうど興味を持って調べはじめているところだった。

「風力発電って、個人でもできるんですか？」

「海外には百パーセント自然エネルギーでまかなっている地域もあって、そういうところだと、当たり前のように庭に風車が立っているんです。日本でも十五メートル未満のポールで二十キロワット未満の発電装置なら届け出もいらないっていうので、試験的に導入してみたのです」

店主が作業の手を止め、ゆったりとした口調で丁寧に教えてくれた。

「風さえ吹いてくれれば、二十四時間発電できるんですもんね」

世羅が感心するが、店主は眼鏡のズレを直しながら、

「ま、この程度のじゃ、お湯も沸かせないんですけどね。おもちゃみたいなもんです。それでもやってみることが大切ですから」

と照れくさそうに笑った。

小さな声は届かない。確かにそうかもしれない。でも、そうだからといって、なにもしないのでは、進まない。諦めずに自分のできることをやっていく、それがいつか誰かの目に留まったり、何かの力になるかもしれない。結果が出なくても、やらないよりはやったほうがいい、世羅はそう考える。

「小さなことだとしても、こころがけですよね」

世羅が自分にいい聞かすようにうなずくと、

「いつか、答えが出るといいんだけどな」

店主がぽつりとつぶやいた。

風車のプロペラからカウンターに目を戻すと、二切れの分厚いサンドイッチが載った白いプレートが置かれていた。

「わあ、美味しそう」

世羅が手を合わせる。

「〈雨の日のサンドイッチ〉です。どうぞ」

皿を手前にひいて、外したマスクを傍らに置く。口を大きく開けてかぶりついた。

贅沢に厚切りにしてカリッとトーストしたパンは、微かに小麦の香りがする。具材はゴマだれのような調味料で味付けされている。数種類の野菜や肉が入っていて嚙《か》むごとに具材それぞれの個性がじんわりと伝わってくる。それにとても嚙みごたえがある。なんだか慈愛に満ちた味わいなのだ。

「こんなふうに、豪快に食べるの久しぶりです」

口を拭いながら世羅が笑う。

マスクをする生活が当たり前になってから、そういえば大きな口を開けて食事をする機会すら減った。

「だから雨の日のサンドイッチなんです。晴れの日だったら、外で、たとえばピクニックとかで食べるんじゃないでしょうか。そういうときって気軽に片手でも食べられるように作りますよね。雨の日に家の中にいるときこそ、こういう具だくさんがいいんです」

店主が滔々《とうとう》と説明をする。

「面白い考えですね」

世羅が皿にこぼれた具材をつまみながら笑うと、慌てて付け加えた。

「それだけじゃないですよ。具を見てください」

「ドライトマトとささみ、にんじん。それから切り干し大根ですか？　和風の食材を入れるなんて珍しいですよね。すごく美味しいです」

「雨の日は太陽の恵みが欲しくなりますよね。だから日の光をたっぷり浴びて作られた干し野菜を具材にしたんです。ゴママヨで和えているのは、ゴマにはミネラルが凝縮されていて、この時季の体調を整えるのに最適だからなんです」

「にんじんも干しているんですか？」

サンドイッチの切り口では、細切りにしたにんじんが鮮やかな彩りを添えている。

「にんじんは蒸しています。加熱するとカロテノイドっていう抗酸化作用のある成分が増えるので」

「しばらくお日様にお目にかかっていなかったけれど、これでちゃんと体に太陽の恵みを取り入れられました」

世羅が答えると、店主がようやく満足げにうなずいた。

電車のトラブルがあったおかげで、物語の中にでも迷い込んだ気分だ。まるで『かさもっておむかえ』の動物ばかり乗っている不思議な車両に乗っちゃったみたいだな、と世羅はほくそ笑んだ。

それに答えるかのようにカウンターにあるキャンドルの炎が揺れた。

*

「鍋にたっぷりの水とビネガーを入れて」

そろりが、大きな鍋にトプトプと音を立てながら、ビネガーを入れています。水の半分の量くらいでしょうか、リンゴ果汁を原料にしたアップルビネガーを使っているようです。アップルビネガーは酸っぱさが控えめですから、酸味が苦手なお客さんにも喜ばれますね。塩と砂糖を加えたら沸騰するまで鍋を火にかけます。

「ヘラでときどきかき混ぜて」

砂糖が溶けたら、マリネ液の完成です。

「ここで登場だ」

はい、そうですね。いよいよ煮沸消毒を終えてスタンバイしていた保存瓶の出番です。瓶に切った野菜を入れ、マリネ液が冷めたのを確認したら、注ぎ入れます。

「あ、ハーブを入れるのを忘れるところだった」

味のポイントになりますから、それは大事です。草花を生けるようにコップに挿したハーブの束から、適当に葉をちぎって瓶に沈めました。

瓶の蓋をしっかり閉めたら、冷蔵庫に。あとは食べごろになるのを待つだけですね。

＊

朝から忙しい一日だった。世間では五輪開催の可否がニュースを賑わしているが、世羅の塾では、そんな空気とは別の慌ただしさが押し寄せていた。夏期講習の準備が大詰めを迎えていた。

月末は経理の締めで授業料の集計や経費の清算などで事務仕事も多いのだが、今日はそれに加え、通ってくる生徒の数も多かった。新規の入校希望者も何人かいた。ブリリアントクラスは二クラスとも満席だったたし、プリンセスクラスでも、保育士ひとりでは足りず、世羅や真田さんも交代で託児室の手伝いに入ったほどだ。

その男性が受付に現れたのは、夕方のブリリアントクラスの生徒を見送り、託児室も半数以上が帰宅し、ようやく落ち着きを取り戻した頃だった。かっちりとしたスーツに、太めのネクタイ。髪はオールバックにセットし、細身ながらも健康的な肌艶《はだつや》だ。隙がなく、いかにも仕事のできそうな風貌だ。

「あの、斎藤比子の父ですが。迎えにきました」

滑舌よく張りのある声に、世羅も振り返った。

「比子ちゃんのお父様ですか。お待ちかねですよ」

世羅は託児室に声をかける。

「比子ちゃん、パパがお迎えですよ」

「先生方には大変お世話になっております」

とその男性が会釈する。口の先が突き出た構造の高機能マスクが、まるでくちばしのようだ。

「いえ、こちらこそです。今日のお迎えはお母様じゃないんですね」

と聞く世羅に、男性が表情を強ばらせた。

「なんだか自律神経がどうとかで。困っちゃいます」

心配をしているからだろうか。口調がきつい。

「季節の変わり目ですから、体調管理も難しいですよね。お大事に」

世羅が取り成すように声をかける。

「母親なんだから、しっかりしてもらわないと。あいつ、こちらでご迷惑かけていませんか？」

「とんでもない。いつも丁寧で、比子ちゃんに読み聞かせをされたり」

受付に座る真田さんに同意を求める。

「ええ、すてきなお母様です」

しかし彼は今度はあざけるように、

「読み聞かせ？　言葉を読み違えたりなんかしていませんか？　あいつ顔だけで学がないから。バカなんですよ」

と苦笑し、託児室から出てきた比子ちゃんの頭を撫でた。

「だから、娘はあんな風にならないように、早くからこの塾に入れているんです。な、ちゃんと勉強しような」

いい諭すように比子ちゃんの顔を覗いた。

「うん」

期待通りの元気のいい返事に満足したのか、彼は比子ちゃんの手を取って、自動ドアの向こうに消えた。比子ちゃんの足取りが、ほんのわずかだが重たげに見えた。

「子どもの前でああいうことというのって、どうなんでしょう」

口を尖らす真田さんに、世羅も同意する。

「大好きな母親のことを悪くいわれたら、傷つくのは子どものほうなのに」

「なんかちょっと意外でしたよね。ああいうのモラハラっていうんですよね」

真田さんが気味が悪そうにいう。

モラハラとはモラルハラスメントの略。言葉の暴力ともいわれ、相手の人格や尊厳を傷つける行為だ。形がないだけに、定義づけがしづらい問題でもある。本人にそのつもりはなくとも、相手が見下されたと感じたのなら、それはハラスメントだ。

世羅は自分が蔑まれたような後味の悪さを感じ、同時に斎藤さんの天使のような笑顔を思い出していた。

「あんなのを見ると、結婚に疑問を持っちゃいます」

がっかりしたような表情を浮かべる真田さんは、婚活がうまくいっていないのだろうか。

「夫婦にもいろいろな形がありますからね」

「多加良先生は事実婚ですよね。やっぱり縛られたくないですもんね」

宙ぶらりんと見られるのも仕方ない。でもそれが私たちなりの形なのだ。

「選択的夫婦別姓が認められたら、籍を入れようとは思っているんですよ。いまのところその見込みもないいんですけど」

「夫婦別姓かあ」

真田さんがしょげたようにうつむく。

「多加良先生みたいに強い意志がある方はいいですけど、私なんかだと、そういうのが制度化されても戸惑っちゃうかもな」

「え、なんで？　選択的なんだから、どっちでもいいんですよ。夫側の姓を名乗りたければ、そうすればいいんだし」

真田さんは世羅よりも三歳下だ。自分よりも下の世代ならなおさらこういう考えに賛同してもらえると思っていただけに、少し意外だった。

「選択の幅がある分、余計悩んじゃいそうなんです。もし夫の姓を名乗ることを選んだとしたら、時代に逆行しているとか女性の立場に甘んじているってバカにされそうで」

そんなことない、といいかけ、世羅は口をつぐんだ。いや、もしそういう人を見たら、「自立していない人」と、どこか蔑んでしまうかもしれない。それは斎藤さんの夫がやっていることと同じだ。世羅は愕然《がくぜん》とした。

嫌な想いをひきずったまま帰宅したせいか。それともたまたま重なっただけか。

「ただいま」

玄関の鍵を開けて入ると、凌がパソコンを前に爆笑していた。

「あ、世羅が帰ってきた」

凌が手招きする。

「いま、橙太《とうた》と繋いでいたとこ。祐里《ゆり》さんとリリちゃんともさっきしゃべったんだ」

橙太さんは凌の高校時代からの友人だ。東京の企業を退職して、この春から家族で山梨に移住したと聞いていた。会議用のアプリを使ってテレビ電話をしているようだ。橙太さんも祐里さんも明るくパワフルな方々だが、今日は正直そんなテンションに付き合える気分ではない。声を出さずに、顔の前で手を横にふり、嫌々のサインを凌に送ると、

「世羅、仕事帰りで疲れているみたいなんで」

と物わかりよく伝えてくれている。しばらく楽しげな会話が続き、やがて「じゃあまた」という合図とともに、急に静寂《せいじゃく》が訪れた。

オンラインの会議で、終了とともに余韻なくプツリと場が閉じるときは、未だに妙な気分になる。リアルの場面では雑談ではじまり、終了後もなんとなくだらだらと引きずりながら会議室をあとにする、その感覚に慣れてしまっているせいだろう。もちろん無駄がなく、これでいい、とも思える一方で、あまりにも用件のみで淡白すぎないか、と思ってしまう世羅は、新しい生活様式についていけていないのではないか、と不安にもなる。

凌はそんな状況にはすっかり慣れているのか、やれやれ、という風にノビをして、アプリを閉じている。

「ごめんんね。塾でちょっとあってさ」

「全然。こっちこそ疲れているところごめん」

さっきの斎藤さんの夫の一件があっただけに、凌のこういう優しさに救われる。

「橙太さん、新しい暮らしどうって？」

「すっげえ満喫しているみたい。リリちゃんもすっかり元気になったって」

リリちゃんは、小学校の四年生になった頃から学校に行けなくなってしまっていた。今回の移住は彼女の心のケアのためでもあったと聞いている。

「そっか。じゃあよかったね」

「だな。それよか、これ見てよ。世羅の地元だろ？」

凌がパソコンの画面をこちらに向けた。画面には〈マイカーでテレワーク〉と大きく書かれている。

「いま、橙太に教えてもらったんだけどさ。テレワーク仕様の車を開発しているところが、試験的に車を貸し出してこういう取り組みをしているんだって」

使っているのは電気自動車で、専用の駐車場を設け、そこで充電する。Ｗｉ－Ｆｉの設備も整っていて、近隣の温泉に入ったり、旅館で食事を取ったりもできるらしい。最近もてはやされている新しい働き方のひとつ「ワーケーション」の一種だ。それが世羅の地元の地域で試験的に取り組みをはじめ、参加者を募っているらしい。

「車ならどこへでも行けるし、移住なんかよりハードル低いよな。こんだけオンラインが続くと、わざわざ東京にいる必要もないって気にさすがになってくる」

参加応募の締切は今月末、となっている。

「応募するつもり？」

「いや、さすがに今すぐってわけにはいかないけど、先々そういう選択肢もあるなって」

この家を出て車で生活して、たまに帰ってくる、ということだろうか。そもそも運転免許のない凌がどうやって車での暮らしなんかするのだろうか。現実味のない夢物語を聞き流しながら、着替えていると、再び話しかけてくる。

「ほら、世羅も地元だったら、実家にも気兼ねなく帰れるし、友達にもすぐに会いに行けるよな。たまには運転したいっていっていたから、ちょうどいいじゃん」

「え？　私も一緒って想定？」

「当たり前だろ。なんで俺ひとりで行くんだよ」

無邪気な笑顔にいらつく。

「だって私の仕事はオンラインじゃ出来ないんだよ。地元には支店だってないんだし」

「塾の事務の仕事なら、どこでだって職はあるよ。それに世羅は有能だから、ほかの仕事だってすぐに採用されるって」

この人は私のどこを見て、いったい何をいっているのだろう。凌は目を細めながら続ける。

「しっかしリリちゃん、かわいいんだよなー。橙太も東京で働いていたときは思うように子育てに参加できなくって残念がっていたけど、いまじゃ、祐里さんよりもよくリリちゃんの面倒見てるって、嬉しそうだったよ。俺もそうなったら当然、育休は取るつもりだったけど、暮らし方を変えれば、もっと全面的にサポートできるようになるから世羅も安心できるだろ。祐里さんにも、早いほうがいい、っていわれちゃったし。子育ても若いうちのほうが体力があっていいんだって」

子ども？　子育て？　私はまだいまの職場になって間もない。そんな余裕がないことぐらいわかっているはずではないか。親しい友人の新生活に刺激されたのだろうが、それにしたってこちらの思いも顧《かえり》みず、不用意なことを平気でいう。

裏切られたようなショックか、怒りか、そのどちらともか、世羅はこみ上げる涙を止められない。でも凌はパソコンの画面に夢中で気づいていない。

「私ちょっと、塾に資料忘れちゃったから、取りに行ってくる」

「今から？」

「夕飯、適当にしておいて。私もどっかで食べてくるから」

投げ捨てるようにいって、傘立てから傘を抜いて玄関を出た。傘を差しかけて手を止めた。いつの間にか雨がやんでいた。

まだじっとりと湿っている道をあてもなく歩く。いわれてもいない話の続きを想像する。

「子どもが生まれたら、さすがに別姓は厳しいから籍を入れよう。それで子どもがいじめられたりしたらかわいそうだもんな」

おそらく凌ならこう続けるだろう。

「世羅は多加良姓を大事にしているから、俺が多加良になっても構わないよ。うちは兄貴が重田姓を継ぐから気にしなくていいよ」

もちろん多加良姓は守りたい。ただ、それだけのことではない。あまりのことにどこかどう手をつけていいのか混乱していた。世羅は自分がここまで頑《かたく》なになっている理由までもが少しわからなくなってきていた。

「雨がやんでも、雨の日のサンドイッチはあるのかな」

足は自然とこの間訪れた「森」に向いていた。

電車に乗って、店のあった駅で降りる。確か一本目の路地を入った先だった、と大降りの雨の日の足取りを思い出しながら歩く。もしかしてあれは本当に夢だったんじゃないか、と不安になった。

でも辿り着いた路地の入り口には、ちゃんと看板が出ていた。

今夜は雨よけのビニールが外されている。小さな照明に照らされた手書きのメニューも、この間と変わらず画鋲で留められていた。

〈雨の日のサンドイッチ、あります〉

ただ、メニューの上に走り書きが加わっていた。〈心が〉と。

「心が雨の日のサンドイッチ、あります」

か。世羅は声に出して読み上げてから、路地を進んだ。

＊

庭まで来て気づいた。このあいだテーブルが出ていたあたりで、大きなプロペラが扇風機のように回っていたのだ。風車だ。ただし頼りなげに回ったかと思えば止まり、これでは発電するにはおぼつかなさそうだ。

「風車、点けてみたんですね」

水色の木のドアを引きながら店内に入ると、店主がいくつもの保存瓶をキッチンのテーブルトップに置いて眺めているところだった。客は今日も誰もいない。

「ええ。でも今日は無風のようです」

店主が諦めたようにつぶやく。

「あの、今日は……」

世羅がそこまでいうと、店主は察しよく応えてくれる。

「心が雨の日のサンドイッチですか？」

仕込みの途中だったのか、ずらりと並んだガラスのジャーの蓋を開けていく。

「なんだか嫌な気分が続いちゃって」

パンにバターを塗る店主の手元を眺めながら世羅がいう。

「そうしたらちょうど心が雨の日、って書いてあって。まさに私のためのメニューだな、って思ったんですよ。お天気も雨続きで憂鬱《ゆううつ》になっちゃいます。でもどんなサンドイッチなんですか？」

「ニシンの酢漬けやピクルスを具材に使っているんです」

「保存食ですか」

「そうです。天気が悪いんじゃない。服装が悪いんだ、ってね」

「え？　いま何て？」

聞き返すと、店主は同じ言葉を棒読みで繰り返した。

「雨の多い国の諺《ことわざ》です。雨降りに文句をいっても仕方ない、着るものを変えよって意味です」

「はあ」

わかるようなわからないような説明だ。

そうこうしているうちに、世羅の前にこの間と同じ白いプレートが置かれた。今回は片手でつまめるような標準的な厚さのサンドイッチが三切れ載っている。

「どうぞ。〈心が雨の日のサンドイッチ〉です」

「いただきます」

ひとつは、薄茶色のパンに、魚のマリネが挟んであった。これがニシンの酢漬けだろう。肉厚なニシンの味が噛むごとにじゅわーと口に広がっていく。和えている調味料はマスタードだろうが、辛みよりもまろやかさが際立っていて、ハチミツのような甘さを感じる。それが魚の生臭さを完全に消している。パンはライ麦が入っているらしく、味わいに素朴《そぼく》さが加わる。

次の一切れに手を伸ばす。こちらは白いパン。具材は何種類かの野菜のピクルスだ。世羅は特に好き嫌いもないけれど、例えば洋食に添えてあるキュウリのピクルスなどは、好んで食べるほどではない。でも、このサンドイッチは、ぱくぱくと食が進む。ツンと鼻に抜けるような酸味ではなく、ハーブがアクセントになっているせいか、とても爽やかなのだ。

最後の一切れには、甘いジャムが挟まっていた。イチゴの粒が贅沢に入ったジャムは自家製だろう。

「どれもとっても美味しいです。ほどよい酸味も効いて、この季節に合いますね」

確かにじめっとした気分が少しばかり晴れやかになった。それがメニュー名の由来なのだろうか。

「そうですか。それならよかったです」

と、したり顔をしている店主に、つい確かめたくなる。

「どうしてこれが……」

「心が雨の日のサンドイッチか、って？　お教えしましょう」

まるで「えへん」という咳払いが聞こえてくるかのような口調だ。

「寒さの厳しい国では、冬には思うように作物がとれません。だから夏の間に収穫したものを、こうやって保存食にするのです。そうすれば一年中美味しく食べられますからね。フレッシュなものが手に入らないなら、調理法を変えればいいだけのことなんです」

店主は続ける。

「だから心が雨の日、つまり疲れ果ててしまったときこそ、考え方をぐるりと変えてしまえばいいんです。発想の転換ですよ。雨はつまらない、憂鬱だ、っていう考えを、服装を変えれば雨は楽しい、愉快だ、ってね」

「あ、それって、さっきの諺……」

「そうです。天気が悪いんじゃない。服装が悪いんだ。新鮮な食材がないなら」

世羅はポンと手を打って、あとを続ける。

「ピクルスにして食べる。するとこんなにおいしいサンドイッチになる」

世羅は少しわかったような気になり、サンドイッチの残りを口に入れる。比子ちゃんもかわいいレイングッズのおかげでお出かけが好きになった、と話していたっけ。

「たとえばこのキャンドル」

先日訪れたときも灯されていたガラスの瓶に入ったキャンドルを店主が指さす。

「おしゃれですよね。なんだか落ち着くな、って」

「緯度の高い国だと、太陽の出ない時期もあるんです」

「白夜《びゃくや》の逆ですね」

「だから太陽のかわりに灯りの日だまりをつくって寒さや暗さから自分自身を守るんです」

キャンドルの明るさは太陽が沈む前の夕暮れの明るさに近いのだという。

「それに見て、この揺れ」

店主のゆったりとした話し声に耳を傾けながら、世羅はゆらゆらと瞬く炎を見つめる。

「この揺れは心を落ち着かせる1／fのゆらぎだ、とも聞いたことがあります」

「それでこんなにホッとするんですね」

暗さを悲観せず、心をくるむようなキャンドルの灯りの中で静かな時を過ごす。これも発想の転換のひとつだ。揺れる炎を眺めていたら、ブランケットに包まれているような心地になり、そういえば比子ちゃんの母親が彼女に向けたまなざしにもそんな印象を持ったことを思い出していた。

「ところで幸せの反対語は何だと思いますか？」

突然、そんな質問を受け、世羅は眺めていたキャンドルから目を上げる。

「不幸せ、じゃないですか？　だって幸せって文字の上にそれを否定する不が付いているわけですし」

指で空中に漢字を書く。店主は顎に手を置いて考えていたが、

「確かに一義的にはそうともいえますね。ただし、それぞれはリンクしているというよりも別々のものではないですか？　例えば、自分が成長したって感じられたとしたらそれは？」

「幸せ」

まるで連想ゲームのようだ。

「じゃあ逆に自分なんて駄目だ、と自信をなくしている状態は？」

「不幸せ、ですよね」

「ある意味では。ただ、この先ののびしろや、あるいは新たな形を見いだせるチャンス、と考えたらそれは決して不幸ではないんじゃないですか？　それはストレスにもいえることです」

一言でストレスといっても原因はさまざまだ。多忙がストレスになる人もいれば、そう

ではない人もいる。世羅はどんなに忙しくてもストレスとは感じない。時間がたっぷりあるほうがストレスを感じることもある。

「では、ストレスの反対語は何でしょう」

答えを用意していなかった世羅はしばらく考えてみる。

「リラックス、とか？」

「うん。悪くない」

及第点をもらえて嬉しくなる。

「ある出来事があったとして、沈み込んで頭を抱えるか、えへへと笑って頭を掻くか。どのみち同じなら後者のほうがいいに決まっているじゃない」

店主がそういって、くるくるの髪の毛をひっぱった。

「でもその違いってどこからくるんでしょうかね」

今度は世羅が聞いてみる番だ。

「さっきあなたがいったとおりですよ。リラックス。つまり心の余裕。それがあるかどうかです」

世羅にとってのストレスは理不尽さや自分の考えを理解してもらえないことだ。ならばその逆は何だろうか。それを探せば世羅なりのリラックスが得られるかもしれない。

「おや、また降ってきたな」

店主が窓の外に目をやる。

「なかなか止みそうにありませんね。せっかくの風車もこれじゃあ……」

と窓に歩み寄った世羅が、あっと声を出す。

「そうばっかりでもないようですね」

風車は降る雨の力を借りて、くるくると回っている。羽根に雨が当たり、はじけて雨粒が踊っている。

「耳を澄まして」

店主がささやくようにいう。シュンシュンと羽根の音が聞こえてくる。静寂の中で、風車が音楽を奏でているようだ。

「発電は無理そうだけど、自然のＢＧＭなら奏でてくれる。それはそれでいいんじゃないですか」

実際に水車で音楽を奏でる活動をしている人もいるのだと店主が教えてくれる。エネルギーのつかいかただって、ひとつじゃないのだ。世羅は遠くから聞こえる雨の音楽を聞きながら、心の中で歌をうたう。

「あめふり　ざんざんぶり……」

続いて斎藤さんの美しい横顔を想う。もちろん本人の気持ちまではわからない。でもあんなふうに蔑《ないがし》ろにされてまで一緒にいなければならない人生なんて寂しい。

平等の反対語は格差。安心の反対は不安。束縛の反対は自由。そうだ。世羅は自由でいたいのだ。好きな仕事をし、暮らす。そのために確固たる自立を手放したくないのだ。それが仕事を続ける意味であり、籍を入れない理由だ。

「ごちそうさまでした」

世羅が席を立つと、店主がキッチンの下にしゃがんだかと思うと、手のひらに何かを載せて立ち上がった。

「あなたにはこれを」

小さなペンギンのフィギュアだ。

「え？　ペンギン？」

「白黒つけない、です」

黒い羽のペンギンが店主の手のひらの上で自慢げに白い胸を見せている。

「サービスです。どうぞ」

といわれたが、持って帰ったところで置き場に困る。丁重にお断りした。でも思う。白黒つける必要なんてないのか。移住じゃなくて二拠点、三拠点といくつか居場所を持つ暮らし方だってある。別居していてたまにどこかで遭遇《そうぐう》するような生活も悪くない。平等であり続けるためには、「私」じゃなく「私たち」という視点を失ってはいけない。

マリネにピクルスにジャム。じっくり時間をかけて出来た保存食は旨みが増す。そうやって熟成させていくのは、家族に少し似ている。

凌と世羅、もしかしたら将来新しく加わる子ども、それぞれの個性がひとつのサンドイッチを作るように。時に個人として、時にチームとして。常に平等にそして対等に。

「びしょぬれぼーうず　なーけなけ」

雨音の中に母の歌声が聞こえる。本の読み方やメロディーがひとつじゃないように、考え方もひとつじゃない。理不尽さや理解されないことに嘆くよりも、その中から自分たちなりの「調理法」を見つければいいんだ。

「そういえばペンギンはオスも子育てするんだっけな」

凌が甲斐甲斐しく子育てをする姿を想像しておかしくなった。

雲の切れ間から月明かりが漏れていた。今度こそ雨があがったようだ。そろそろ梅雨明けかもしれない。明日も朝からクラスがある。夏期講習の要項作成も仕上げの段階だ。早く帰ってしっかり休もう。

世羅は帰り道を急いだ。

＊

濡れていた風車が、羽根を乾かすようにゆっくりと回っています。そろりはライ麦のパンをトースターで焼いて、保存瓶のひとつを開けています。どうやら特製のイチゴのジャムのようです。六枚切りにしたパンと同じくらいの厚さにこんもりと盛っています。少し多すぎのように思いますが、そろりはご満悦です。

「これこれ」

大きすぎるマスクを外したそろりがにんまりとし、それからおもむろにがぶりと嚙みつきました。おやおや、はみ出したジャムが口の端に付いてしまっていますけれどね。

夏がすぐそこまで来ている夜のことでした。

第三話

自分をいたわる焼きマシュマロ

「なんて気持ちがいいんだ。風はそよぎ、頬をくすぐる。鳥たちも嬉しそうにさえずっているではないか。ああ、素晴らしきかな」

深呼吸をするように体を開いて胸を空に向ける。続いてあげた顔には、ギラついた太陽の光が容赦なく降りかかってきた。

「無駄な抵抗とはこのことよ」

がっくしと垂れた額から汗がしたたって、風にくすぐられるはずの頬を、じっとりと湿らせた。

毎日、口を開ければ「暑い」しか出てこない。だからたまには違う言葉を口にしたら気分くらいは変わるのではないか、と思ってみたのだが、体ごと熱波を浴びているこの状態が緩和されるはずもない。息苦しいまでの空気の重さを感じるばかりだ。

最高気温が三十度を超えると真夏日、と認定される。でも最近はそんな呼称も別段珍しくもなく、むしろ真夏日じゃない日のほうがトピックになったりもする。この数年はずっとこんな感じだ。

「いつからこんなに熱帯のような国になったのだろうか」

夏が快適だった頃のことなんて、すっかり忘れてしまった。

こうした気温の上昇は、もちろんこの国だけのことではない。豪雨や度重なる台風や水不足といった異常気象の原因のひとつとしてあげられる温暖化。現代の人々の暮らしがもたらしたことへの自然からの報復のようにも感じられてならない。ひとりひとりが暮らしを見直すこと、何ができるかを考えること、その第一歩が必要なのだ。

でもゆっくり考えている時間はない。北極の海氷の融解は進んでいるのだから。

――この森での暮らしの試みで、なにが見つかるであろうか。

ぼくにもまた潤沢《じゅんたく》な時間があるわけではない。暑さでぼんやりとした頭にそんなあれこれが浮かんでは消えていく。


汗をしたたるがままにしながら「喫茶ドードー」に向かって歩いていると、路地の入り口のところに、ひとりの女性が座り込んでいた。開店時には看板を出す場所だが、準備中のいまはまだ何も置いていない。芝の間からカタバミやチドメグサが元気いっぱい生い茂っているだけだ。おそらくそれらもみな、茹《ゆ》だった野菜のように熱されていることだろう。脇に立つ楡の木が、申し訳程度の日陰を作っていた。アスファルトがそこだけ濃いグレーになっている、わずか直径一メートルにも満たないその陣地で、女性が膝を抱えてうずくまっている。

――開店を待っているのかな？

最初、ぼくはそんなことを思った。夕方から開店する「喫茶ドードー」には、ごくまれにそんなお客さんがいるからだ。でもぼくが近づいていっても、顔を伏せたままだ。

「あの……」

おそるおそる声をかけてみると、女性が驚いたように顔を上げる。こんなに暑いのに顔色は青白く、目もうつろだ。

「大丈夫ですか？」

心配になって近寄ると、女性はあわてて立ち上がろうとして、また座り込んだ。体が思うように動かないようだ。

「すみません。ちょっとめまいがして。よくあることなんです。しばらく座っていればおさまるので大丈夫です」

話し方は落ち着いている。会話をしたおかげで呼吸が整ってきたのか、少しずつ血色が戻ってくる。

「この路地の奥でカフェをやっているんですけど、ちょっと休んでいったらいかがですか」

樹木に囲まれた「喫茶ドードー」は小さな森のようだ。風も通り、いくぶん涼しいはずだ。少なくとも道端の日陰にいるよりは気持ちがいい。女性のまだおぼつかない足もとに気を配りながら、ぼくは店に案内した。

＊

緒川小夜子《おがわさよこ》が店長をしているショップは、駅に隣接したショッピングセンター内にある。二十代後半から三十代をターゲットにした、文具や食器などの生活用品を扱っている雑貨店だ。

都内を中心に店舗を展開しているが、郊外にある旗艦店以外はこうしてテナントとしてモールや駅ビルに入店している。小夜子の担当しているこの店は、規模こそ小さいけれど、旗艦店に次ぐ売上高を誇る優良店だ。通勤客の多いターミナル駅にあるという立地のおかげだが、そのぶん家賃は高い。経費を考えれば、売り上げはこれでは少ないくらいだ。

小夜子がこの店を任されるようになったのは一年前、ちょうど最初の緊急事態宣言が出された頃だ。幸いにも生活必需品店の範疇《はんちゅう》にあったショッピングセンターは営業を続けられていたが、テナントによっては自主的に臨時休業する店も出た。通勤客が減り、売り上げがガクンと落ちた。

「こうした事態だから売り上げに関しては仕方ない。むしろ従業員の働き方を含めたやり繰りを考えてほしい。これからの時代に即したやり方を期待している」

　これまで本社でインテリア部門の仕入れチーフだった小夜子に、社長直々に声がかかった。入社して三十年以上がたつ。年齢的にも五十代半ばを迎えている。小夜子くらいのベテランが売り場に立つことは珍しい。だが、他の店舗での店長の経験もあり、この店には新卒時から五年間配属されていた縁も重なり、今回の人事では適任とされたようだ。

　勤務体制が変わっても当面は社員の給料を減らしたり、人員の整理などは考えない企業の姿勢はありがたいが、それだけにこれからの働き方を見据えての改革を、といわれるとプレッシャーがある。それでもこうした状況下で新しい働き方を考えることはいい機会だ、と思った。


　店長の小夜子と副店長の広崎《ひろさき》さん、それにアルバイトの橘《たちばな》さんと保坂《ほさか》さん、計四名体制だ。橘さんはいま大学三年生で、小夜子が店長になる前からこの店で働いている。もともと週末だけの勤務だったのが、オンラインでの授業が増えたおかげで、時間の融通が利くようになった。保坂さんは三歳と五歳のお子さんがいるので、保育園に預けられる平日の昼の時間帯にメインで入ってもらっている。

　最初に着手したのが、日ごとの営業時間のフレックス制だ。もともとの営業時間は朝十時から夜九時まで。しかし会社員の時差出勤やテレワーク、飲食店の時短営業などの影響で、夜の遅い時間帯にはいまは客がほとんど来ない。小夜子のいる店だけでなく、ショッピングモール内に客が全く見当たらないことも珍しくない。そこで、状況を見つつ、来店が見込めそうもない日は早めに閉店する、というシフトに変えていった。場合によって、例えば翌日の天気が大荒れの予報だったりすると、臨時休業もいとわない。個人商店のような運営方法だが、客が来ないのに暇を持て余していても、労働力の無駄になる。最初は利用客だけでなく、店側としてもとまどいがあったが、事前の告知や直前の判断を地道にSNSや店頭で発信していくうちに、こうした営業方針も周知されるようになってきた。

そもそも一日に来店する客数も減っている。このやり方ならば社員一人とバイト一人で回していける。小夜子と副店長の広崎さんが休みを交互に入れながら、バイト二人の時間を調整しつつシフトを組む。思い切った判断だったが、いまのところ、なかなかの手応えを感じている。

本社勤務の頃は、各店舗の売り上げの集計を待つ必要もあったため、終電ギリギリに帰ることも多かったのに、いまはまだ夕方の名残のある間に帰路に就ける日もしばしばだ。

——この時間から家にいられるっていうのはかなり理想的だなあ。

小夜子は家に着くなりシャワーを浴び、Tシャツに着替えた。濡れた髪をタオルで拭きながら、冷蔵庫を開ける。最近お気に入りのノンアルコールの缶ビールを出し、プルトップを開けた。ごくりと一口飲んで、ふうーと大きく息を吐いた。

大学入学とともに実家を出た。結婚の機会がなかったわけではないけれど、タイミングが合わなかった。気づけば独身のままこの歳になった。ひとり暮らし歴は長い。誰にもじゃまされない自分だけの居場所の心地よさに、すっかり慣れてしまった。

缶ビールを手に持ったままリビングに行く。窓の外は暮れたばかりだ。濃い青の空にうっすらと建物の影が浮き上がる。

「きれい……」

スマートフォンのカメラを窓に向けた。カーテン代わりに窓辺に吊るしたリネンの布ごしに、ブルーの空が写った。そのままプライベートのSNSを開いて投稿した。

もう四、五年続けているこのSNSは、おおむね一日一回のペースで投稿している。自宅のインテリアや料理、今日のように季節の風景の写真をアップすることもある。気晴らしではじめたことだけれど、フォロワーが増えたり、見知らぬ人からの「いいね」は嬉しいもので、気づけば日課となっている。

テレビをつけると、ローカルニュースが始まっていた。街の人のインタビューが流れてくる。

「早く、元のような生活に戻りたいです」

買い物途中の親子がいう。

「気にせずに、会社帰りに飲みに行けるようになるといいですね」

サラリーマン風の男性がいう。

「また海外旅行に行きたい」

仕事帰りの女性がいう。

元通り、前のように……。本当にそうだろうか。小夜子は思わない。不謹慎かもしれないけれど、このままがいい、このままでちょうどいいじゃないか、そんなふうに思えてならない。この状況を機に、新しい生き方や暮らし方を考えるべきなんじゃないか。元に戻るのではなくて。いつまでも前へ前へ、と進むことが果たして正しいのだろうか。

テレビを消し、リビングの棚から、コーヒーミルを取り出す。冷凍庫に保管している豆を入れ、アンティークのミルのハンドルをゆっくり回した。スマホの画面をちらりと覗くと、さっきアップしたばかりの投稿には、もう百近くの「いいね」がカウントされていた。

さほど来店数が多い日だったわけでもないのに、日が落ちた頃から頭が痛くなってきた。連日の真夏日で、ビル全体のエアコンの設定温度がかなり低くなっているのだろう。気温の変化に体がついていけない。五十歳を迎える頃からだったろうか、急な温度差だけでなく、天気によって気圧が変化することで体調を崩すことが増えた。気象病とも呼ぶらしく、女性に多い症状なのだと何かで読んだことがある。

小夜子はずきずきするこめかみを押さえながら、レジカウンターの下にしゃがみこんだ。足もとに置いた私物のブルーグレーのショルダーバッグに手を突っ込み、ナイロン製のポーチをつかんだ。ピルケースから頭痛薬を取り出し、ポケットサイズの水筒の蓋を開けて口に含んだ水とともに喉に流し込んだ。

幸いにもいま、店内に客はいない。ショッピングモールのメインストリートを歩く人の姿もまばらだ。ポーチと水筒をバッグに戻しながら、スマホで時間をチェックした。昨日のうちに決めて告知していた今日の閉店時間まであと八分。小夜子はスマホをバッグにしまい、一度息を大きく吐いて立ち上がった。

店頭で商品の整理をしているバイトの橘さんに声をかける。

「そろそろ締めに入りましょうか」

「はーい」

フリルのついたミニワンピースの裾を揺らしながら、橘さんがレジカウンターに駆け寄ってきた。

薬が効いてくれ、家に着く頃には割れそうだった頭の痛みも和らいでいた。それでも体にまとわりつくような重さがのしかかってくる。汗はかいているのに、寒気もする。玄関を開けると、倒れ込むように入って、荷物を置いた。バッグから中身がはみ出して、床に散らばった。

座ったまま、玄関の脇に立てかけてある姿見に目をやる。年齢のわりには若く見えるかもしれない。髪を耳にかける。

「そろそろ行かないとな……」

こめかみの白髪が伸びてきていた。頭頂部も染めたところとそうでないところの境目が目立ちはじめている。

接客業をしているくせにいうことでもないが、いやむしろ接客業をしているからこそだ。できるだけ人との接触は避けてきた。店員が感染でもして迷惑をかけるようなことがあってはならない、常にそう思ってきた。ここ一年あまりは帰省や旅行はもとより会食も外食もしていない。美容室はどうしても近距離での接触になる。長時間の滞在にならないよう、簡単にカラーだけしてくれる店を探して行っていた。

でもさすがにそろそろ限界だ。毛先の傷《いた》みも気になる。散乱した荷物の中からスマホを取り上げると、二十年近く通っている美容室のサイトを開いた。メディアにもしばしば取り上げられる有名店だ。

スタイリッシュなデザインのトップ画面に、幻想的な夜景の写真が広がった。定期的に変わるこの写真は、カメラ好きのスタッフが撮っていると以前、担当の美容師から聞いたいことがある。その写真の下に「お客さまへの注意事項」というタイトル文字があった。いまならきっと最大限の配慮をして施術してくれるはず、そう信じてリンク先をタップする。

体調のすぐれない人は予約をキャンセルするように、手指の消毒をするように、などの基本的な案内のあと、カットの最中にマスクを外してもらうことがある、また美容師もカットワークを万全にするため、マスクを着用していない可能性がある、とあった。

嫌だな、と直感的に思った。感染予防や不安要素を排除してまでおしゃれなカットを優先するのか。注意書きの最後にはこんな言葉があった。

〈こんな時だからこそ、おしゃれを楽しみましょう！〉

こんな時だから……、こんな時こそ……。言葉が無責任に上滑りしている。心にちっとも響かない。

小夜子は画面を閉じて、再び鏡に目を移す。分け目を変えてうまくまとめれば、まだ数週間はいけるだろう。玄関先に散らばったものをバッグに仕舞い、ゆっくりと立ち上がった。

火照ったような感覚は続いている。気持ちの悪い汗が脇を伝って流れ落ちた。明日の休みは少しゆっくりしよう。そう思ったらいくぶん楽になった。

〈お休み中すみません〉

副店長の広崎さんからスマホにメッセージが入ったのは、遅く起き出した小夜子がちょうど洗濯を干し終えて、昼食の準備にかかろうとしていた時だ。パスタを茹でるためのお湯が鍋の中で沸騰していた。

〈バイトの橘さんが急病で欠勤です〉

〈今日は私ひとりで大丈夫ですが、明日からのシフト、どうしましょう〉

と続いた。少ない人数でやりくりするということは、こういうこともありうるのだ。橘さんは今日は十二時から十七時までのシフトだったはずだ。時計をみると、まもなく十二時半になろうとしている。

〈あとで店に顔出します〉

〈それまでよろしくお願いします〉

返信して、コンロの火を止めた。沸き立ての湯をシンクに流した。ランチはあとだ。小夜子は出かける支度に取りかかった。

店に着くと、広崎さんが購買客を見送っていた。

「ありがとうございました」

張りのある声が耳に届く。店をあとにする客に小夜子も軽く会釈をする。客の後ろ姿が見えなくなってから、広崎さんに顔を向けた。

「お疲れさまです」

「緒川店長、お休みの日に申し訳ないです」

「いいの、いいの。どのみち今日は家にいるだけだったから」

小夜子が出勤以外の外出を極力避けてきたのはもちろん仕事のためではあるが、自分には案外家にこもっている生活が合っていることに気づいた。あえて休日に外に出ないことは、心身の安定にも繋がっていた。

「橘さん大丈夫？　コロナじゃないよね」

「それが……」

広崎さんが声を潜める。

「どうも、メンタルをやられちゃったみたいなんです。最初は体調不良っていったんですけど、そのあと、当分来られないかも、って。それでよくよく話を聞いてみたらどうやらしばらく前から心療内科に通っていたらしくて」

「え？　そんな風には見えなかったのに」

コロナ禍で心のバランスを崩す人が多いということはもちろん知っていた。本社でも従業員のメンタル相談や上司としての部下への態度などの研修も何度かあった。でもどこかで人ごとだと思っていた。

「授業がオンラインになって、友達とリアルに会えないとか、就活の不安もあったみたいです」

就職活動も最近はオンラインで行われている。わざわざ出向く必要がないなんて楽でいいな、と思っていたけれど、表層的な部分には見えないものが心の底に溜まってしまっていたのだろう。

「そうか。じゃあ、まずはゆっくり休んでもらって。復帰を焦らせてもいけないから」

「そうですね」

「私も出来るだけシフトに入るようにするから、申し訳ないけど、広崎さんも、少し勤務が増えちゃうかも」

「もちろんです。こういう時に助けあえるのが、チームで働くよさだと思っていますから」

頼もしいことをいってくれる。早速シフトの組み直しだ。パソコンをレジカウンターに載せ、エクセルを開いた。バイトのもうひとり、保坂さんは日中なら大丈夫だ。早番と遅番に分けて組んでいけば、三人でもなんとかなるだろう。

本社に伝えると、

「さすが緒川だな。うまくやり繰りを頼む」

という返答だった。二交替制だと出社日は増えるが、一日の拘束時間は減る。申請をすれば本社や他店から人員を回してはもらえる。でも他の店舗でもスタッフの確保には苦労をしているのはわかっている。できるだけ増員せずにやっていこうと思った。ただ、いくら協力的なスタッフとはいえ、店長としては二人に無理をさせたくない。スタッフの気持ちに寄り添うことが店長としての使命だ。その日から小夜子は休みなくシフトに入った。

真夏日が何日も続いていた。その日も朝から気温が高かった。五十七年ぶりとなる東京でのオリンピックが無観客で開催されている。この店のほど近くにも競技会場があるというのに、まるで遠い国のことのように、街は静まり返っている。何度目かの緊急事態宣言が発令されている。当然、客足も伸び悩んだ。夕方には店を閉めた。外はまだ強い日差しが照りつけていた。

——暑い。早く家に戻りたい。

もうろうとしながら帰路を急いだが、目の前がチカチカと光ったかと思うと視野がどんどん狭まっていった。慌てて大通りを避けた。目の奥がくらくらする。最近たまに起きるめまいのような症状だ。

年齢的に更年期の症状が出ていることは自覚していた。年相応の働き方をすべきなのに、なんでこんなにフルで動いているのだろう。小夜子は息苦しい胸を押さえながら考えていた。五十代にもなって、いまだに二、三十代の若い頃と同じ働き方をしている。体が無理だ、と訴えているのだ。木陰を見つけ、座り込んだ。

「あの……」

声をかけられて我に返る。顔を上げると、長身の男性がこちらをいぶかしげに見ていた。

立ち上がろうとして、ふらついた。

「この路地の奥でカフェをやっているんですけど、ちょっと休んでいったらいかがですか」

喉がからからだった。手持ちの水筒はもうカラだ。冷たい水でも飲ませてもらえたら助かる。おぼつかない足取りで、男性の縮れ毛の後ろ姿を見ながらついていった。

＊

路地の先には小さな庭が広がっていた。その奥に小屋のような店舗が建っていた。カフェの店主らしきその男性は、庭のチェアーを木の生い茂ったところに移動させ、

「うん、風通しがいい」

とつぶやいて、小夜子を手招きする。木々がさわさわと音を立てた。

「ありがとうございます。ちょっと休ませていただきます。お店、大丈夫ですか？」

「営業は夕方からですから。お気になさらず」

といい置いて、すたすたと小屋の中に入っていった。チェアーに座って深呼吸を繰り返しているうちに、動悸もおさまってきた。ぼんやりとカフェのほうを見ていると、入り口のドアからさっきの男性が出てきた。手にしたグラスを小夜子に手渡し、

「これ、飲めそうだったら。今夜のメニューの試作なのでサービスです」

「いいんですか？」

氷の浮かんだグラスには、牛乳よりも色の濃い乳白色の飲み物が入っている。

「自分をいたわる甘いもの」

「え？」

「そういうメニュー名です」

不思議なメニュー名だ。いたわる？　半信半疑ながら口に含む。

「美味しい」

クリーミーでほのかに甘い。舌に残るつぶつぶしたものは何だろうか。とろみのある液体がひんやりと喉を通っていって、優しい甘さが体に染み渡った。

「豆乳甘酒です」

「甘酒？」

「はい。麹から作った甘酒。それを冷たい豆乳で割ったものです」

「甘酒って冬の飲みものだと思っていました。冷たくしてもいいんですね」

「いいも悪いも……。美味しさに正解なんてあるんですか?」

逆に聞かれてしまった。もともと夏の暑さで発酵され、祭りなどにふるまわれた甘酒は、意外にも夏の季語なんだそうだ。ごくごくと飲んだら、不思議なくらい頭の中がすっきりしてきた。

「なんだか元気になりました。そういえば甘酒は飲む点滴なんていわれていますもんね。自分をいたわることができたみたいです」

と笑うと、

「自分が自分をいたわってあげなくて、誰がいたわるんですか?」

今度はまるで珍しい生きものを見るかのようにいわれた。

がんばっている自分を、確かにいたわってはいなかった。追い込んでいるばかりだった。

自分自身にごめん、という気がした。

家に辿り着いてすぐに部屋着になる。息を整えるために、タブレットを開いて、動画サイトでよく見る番組を再生させた。習慣的に実践しているマインドフルネス、瞑想のページだ。

「ゆっくり呼吸を整えましょう。足は地面にしっかりつけるイメージで、頭の先は天井から引っ張られているような感覚で。静かに自分と向き合いましょう。自分に感謝するように」

　自分をいたわる。自分に感謝する。何度もいい聞かせた。五分ほどタブレットから聞こえる声に身をゆだねてから、静かに目を開いた。

　キッチンにはお気に入りの食器が並ぶ。海外のアンティークも多い。リビングのイギリス製のシェルフには、ギャラリーで見つけた鋳物《いもの》作家のオブジェ、窓際に置いた木製の椅子の上には草花を入れた花瓶、ダイニングテーブルがわりに使っているのは、祖母から譲り受けた足踏みミシンだ。

　この空間は、小夜子を心からくつろがせ、安心させてくれる。外に出れば面倒なことばかりだ。ずっと部屋にこもる生活でも構わない、そう思うことすらある。走り続ける毎日から逃げたい、でも小夜子の役割がそれを許してはくれない。

「ストローハット、かわいいですね。それうちの商品ですか？」

　アクセサリーの在庫数を数えていた小夜子に、十時からのシフトに入っているバイトの保坂さんが、売り場に入ってくるなり、声をかけてきた。

「おはようございます。これ？」

　小夜子は自分の頭の麦わら帽子に手をやる。

「店頭のですよ」

ストローハットとも呼ばれる麦わら帽子は毎年この季節に入ってくる人気の商品だが、今年はオリジナルの新作が出て、店としても力を入れている。

「店員がかぶっているとわかりやすいかな、と思って」

ターゲットの年齢はもっと下だけど、それでもこの麦わら帽子は幅広い年代にも取り入れやすいところも、売りのひとつだ。ただ今日は、頭頂部の白髪を隠すためにかぶっていた。

「なんか、小夜子さんが持っているって思うと、欲しくなっちゃうな」

そういいながらリネンのチュニックにスキニーパンツの保坂さんが、売り場の帽子を手に鏡の前に立つ。

「似合いますよ。ほら、こうやってちょっと深めにかぶるとハンサムめにもなるし」

と、小夜子が試着している保坂さんの後ろからツバを動かした。

「私、小夜子さんがSNSで紹介しているもの、結構買っちゃっているんですよ」

「えー、見てくれているんですか」

SNSはあくまでプライベートでの発信だ。同僚の中には知っている人もいるけれど、あえて自分から教えたりはしていない。紹介している商品も自社のものに限らないし、宣伝をするつもりもない。でも自分が心から気に入っているものだけを紹介しているので、こうして参考にしてくれている、という話を聞くと嬉しくなる。

夏の盛りではあるけれど、そろそろサマーセールの展開も考えなければいけない。最近はどの店でも、セールのスタートが早くなっている。その分、期間を長くとって、できるだけ商品の購買機会を増やしていく方針だ。在庫と発注のリストを開いていると、昼休憩に出たばかりの保坂さんが慌てた表情で戻ってきた。

「忘れ物？」

「いいえ、違うんです。いま、保育園から連絡が来て、息子が熱があるらしいんです。まあたいしたことじゃなさそうなんですが、しばらく登園を控えてほしいって」

「大変。すぐにお迎え行ってください」

小声で話していると、店内にいたお客さんに声をかけられた。

「このサンダル、Lサイズってありますか？」

「すぐに在庫見てまいります」

小夜子は答えながら、保坂さんに目配せする。

「すみません。様子見て、また連絡します」

足早に帰っていく保坂さんを見送って、小夜子はバックヤードに向かった。

夕方になってスマホを見ると、保坂さんからメッセージが入っていた。

〈私自身は自覚症状はないんですが、何かあってもいけないので、しばらく出勤を自粛《じしゅく》させていただきます。ご迷惑おかけします〉

症状がなくとも人にうつす可能性がある。この感染症のやっかいなところだ。だからその行動は、自分もまわりをも守るとても正しい判断だ。

〈こちらのことは気にせずに、お大事に〉

返信を送りながら、おそらく二週間程度のことだろうと考えた。その間は小夜子と広崎さんの二人で回していくしかない。目の奥が重苦しくなった。バッグの中の頭痛薬に手が伸びた。


客足が落ち着き、今日はもう閉店してもいいだろうか、そう思いながらシフト表を睨んでいたところに声がかかった。

「お疲れさまです」

親しげに声をかけられたが、女性の顔に見覚えがない。曖昧な笑顔でこたえていると、

「ほら」

とその女性が熱をはかるときのように、自分の額に手のひらをあてた。

「あ、お菓子屋さんの」

同じフロアにある菓子製造の材料や道具を扱っているショップの店員だ。いつも三角巾にエプロン姿だったので、すぐにはわからなかった。フロアで何度も顔を合わせていたのだが、額を覆うのと覆わないのとでは、こんなに雰囲気が変わるんだな、と驚いた。それ

に加えて、マスク姿だ。顔の半分以上が隠れているのだから、無理もない。三角巾姿のときは年齢が上に見えたが、こうして見ると、かなり若い。たぶん、小夜子よりも一回り近く年下だろう。

「友人に子どもが生まれたので、ちょっとしたプレゼントを渡そうと思って。ここなら何かあるかな？　って見に来たんです」

「ありがとうございます」

「なにかおすすめあります？」

「ご予算的には？」

「あんまり仰々しくしたくないので、二、三千円ってとこかな」

先方の負担にもならないものがいいだろう。

「でしたら、たとえば、タオルとかいかがでしょう。何枚あっても困らないし、赤ちゃん専用に、ってお渡ししたら喜ばれますよ」

売り場を案内していると、顔をのぞくように近づけ、

「いつもｓａｙｏさんの投稿、見てますよ」

と、さっきよりも声のトーンを一段上げていわれた。

「そうなんですか」

意外なところに見てくれている人がいるものだ。

「保坂さん、うちの店でよく買い物してくださるんですけど、彼女に教えていただいたんです」

SNSの世界は広いようで狭い。

「センスいいなーって。フォロワーさんもすごく多いじゃないですか。ご自分のお店の商品をもっと載せないんですか？　宣伝になると思うのに」

すすめたタオルを即決し、プレゼント用に包装している小夜子にいう。

「まあ、プライベートでやっているので……」

言葉を濁す。

「実は、いま、うちの店でオーブン機能のついた新発売のレンジのモニターをしてもらえる人を探しているんです」

「モニター？」

「使ってみて、もし気に入ってもらえたらその感想をSNSにあげてもらうんです。コンプライアンスがいろいろうるさいので、気に入らなかったらもちろん載せなくていいですし、こうやって店から頼まれてモニターをやっているんですよー、って正直に書いていただいても構わないんです。どうですか？」

ねっとりとした視線に暑苦しさを感じる。

「え、私が？」

「よかったら。店長にｓａｙｏさんのことを話したら、ぜひにって。それで私が代表して直々にこうして伺ったんです」

プレゼントは口実か。

赤ちゃんの肌にも優しいオーガニックコットン。アースカラーの色味も肌なじみがよく、使うたびに母親の心を包んでくれるだろう。そう思ってすすめたこのタオルがなんだかかわいそうに思えてきた。

「今月末まで募集しているんで、ご興味ありましたらぜひ」

女性は包装したプレゼントを乱暴に受け取ると、商品の写真が大きく載ったリーフレットを手渡してきた。ギラギラとした真っ赤な箱形の家電は、インターネットのニュースサイトで見たことがある。時短でプロ並みの味が出せると評判になっていた。

口実でもいい。きっと喜んでもらえるから、安心して行っておいで。淡いピンクの包装紙の上にアイボリーのリボンシールを貼ったプレゼントに、小夜子は心でそう声をかけながら三角巾のない額に頭を下げた。

通勤客の多いこの駅では、土日の来客が平日の半分以下だ。テナントの中には週末を休みにする店も出てきた。土日は小夜子と広崎さんが交替で休み、平日はふたり体制でやりくりしていった。

「明日から保坂さんも復帰ですね」

幸いにも息子さんは軽い夏風邪《なつかぜ》だったようだ。念のための二週間の自宅待機も今日までだ。

「なんとかふたりでやり遂げたね。広崎さんもお疲れさま」

「緒川店長こそです。そういえば本社からの増員ってどうなっているんですっけ」

「保坂さんが戻ってきてくれたら、とりあえずは増員なしでいこうと思っているんだけど、やっぱり大変？」

「あの……」

広崎さんが言葉を切る。

「秋からお休みをいただこうかと」

負担が大きかったことによる不調だろうか。小夜子は顔の前で手のひらを合わす。

「無理させたよね。ごめん」

頼りになるだけに、すっかり甘えてしまっていた。小夜子がいたたまれない気持ちでいると、

「違います、違います。仕事のせいじゃなくて、実はいま、六ヶ月なんです」

広崎さんはお腹に手を置いた。

「ご懐妊？　わ、おめでとう」

広崎さんは確か今年三十八歳だ。結婚は二十代の中頃だったと聞いていたから、子どもは作らないのだと思い込んでいた。

「実はずっと不妊治療していたんです」

「そうだったんだ。知らずにいっぱい働かせちゃって。体調大丈夫？」

「全然元気です。動いているほうがいい、ってお医者さんからもいわれていますし、ギリギリまで働かせていただきます。でもその前に増員の手配もあると思ったんで、緒川店長には早めにお知らせしたくて」

保坂さんの復帰の目処がたつまではいい出せなかったのだろう。申し訳ないことをした。

「店のことは大丈夫だから。それよりも高齢出産でしょ。とにかく体調第一に考えて」

「ありがとうございます」

いつもキリッとしている広崎さんが柔らかい笑みでうなずいた。

帰宅準備をしようとスマホを開いたら、大学時代の仲間内だけのグループにメッセージが届いていた。二時間ほど前に最初のメッセージを送っていたのは瑞恵《みずえ》だ。既に何通もの返信のやりとりがあった。

――赤ちゃん？

瑞恵の最初のメッセージにはブランケットに包まれた新生児の写真が添付されている。

瑞恵には春に新社会人になったばかりの娘と来年成人式を迎える大学生の息子がいる。

まさか三人目を、と思った。冷静になってみれば、さすがにそんなはずはないと気づく。不妊治療の技術が進んでいるとはいえ、この年になって出産したら、テレビカメラが来てしまうだろう。やりとりを辿っていく。

〈私たちの初孫だね〉

〈おばあちゃん、おめでとう〉

仲間からの返信が続々と届いている。この写真の赤ちゃんは娘さんのお子さんだ。白髪も更年期も当たり前だ。私たちももう、孫のできる年齢になっているのだ。

〈むちゃくちゃかわいい。瑞恵似じゃない？〉

返信を送る。仲のよかった同級生はみな結婚後、間もなくして仕事をやめた。子育てを終え復帰した人もいるが、パートが多い。小夜子のように独身のまま走り続けている人はいない。

すると小夜子の返信に何人かが反応した。

〈小夜子のＳＮＳみてるよ〉

〈この歳でバリバリ働いているなんてエライ〉

〈うちの娘、このあいだ小夜子の勤めているショップで買い物してたよ〉

すごい、のだろうか。かっこいい、のだろうか。辞める理由もないし、辞めたら暮らしていけないから続けてきたまでだ。全力疾走をやめたら、全てが止まってしまう不安があるだけのことだ。

こめかみがまたズキズキしてきた。呼吸を整えようとするが、息が深く吸えない。最近は少し食べただけでもお腹を壊す。更年期の典型的な症状が続いている。追われるような日々がこの先もずっと続くのだろうか。頭の奥で自分の言葉が蘇る。五十代にもなって、二、三十代の若い頃と同じ働き方をいつまで続ければいいというのだ……。

スマホをしまおうと手にしたバッグから、真っ赤な家電の写真が顔を覗かせている。先々のことを考えると、別の生き方を見つける時期なのかもしれない。SNSで収入を得るなど想像もしていなかったけれど、在宅で稼げる方法があるのなら、それも選択肢のひとつになる。そう自分にいい聞かせ、カウンターのペンを取る。小夜子はリーフレットの商品送付先の欄に、自宅の住所を書いた。

外気に触れればいくぶん楽になるかと思ったのに、マンションに着いても頭痛は一向にひかない。部屋の前で鍵を出そうとバッグに手を入れる。財布のタッセルに鍵がひっかかっていてうまく取り出せない。どうにか引き出したら、ポーチも一緒に出てきて、コンクリートの通路に落ちた。半開きになっていたポーチから中身が飛び出した。それを見てぼんやりと立ち尽くした。

――違う。

頭が痛いせいではない。でも涙が自然とこみあげてきた。

――これは二十代や三十代の働き方なんかじゃない。精神的につらければ休み、家族が体調不良なら早退し、適齢期で出産をし、産休と育休をちゃんと取る。それがいまの若い世代だ。体を極限まで追い詰めて働きまくるような生活なんて誰もしていない。自分は走り続けるだけで、多くの何かをし忘れてきたのではないか。

鍵を開けて入った室内は、しんと静まり返っていた。リビングに飾った花がしおれて、花びらが散っていた。キッチンには何日か前の朝食に使った木の皿が洗ったまま伏せられていた。忙しすぎて部屋の面倒すら見られていない。小夜子は自分が呆れるくらいに大きなため息をついた。椅子の上の瓶をつかんで、萎《しお》れた花を生ゴミ用の袋に入れ、濁った水をシンクに流し、瓶を不燃物用のゴミ箱に放った。空き缶にあたって、ガシャンと嫌な音を立てた。

＊

「セルフでどうぞ」

小夜子が椅子に座ると、黒のエプロン姿の店主が、ベージュ色の焼きものをカウンターに置いた。一辺が二十センチくらいの素焼きの珪藻土《けいそうど》の箱に焼き網が載っていて、中には赤くなった木炭が入っているようだ。こんな暑い季節に似つかわしくないな、と不思議に思いながら尋ねる。

「七厘《しちりん》ですか？」

店主がこくりと首を縦に振った。

部屋の整理をしてモノが減った。いまのような忙しい日々にはそのほうが管理しやすいと思ったからだ。時短家電を使って、少しでも楽に過ごそうと考えた。隙間時間にはオンラインビジネスの講座にも参加してみた。

でも殺風景な空間は、ただ無味なだけで、これまでのように小夜子を癒やしてくれる場所ではなくなった。家にいる時間がくつろげなくなっていた。仕事が終わってもすぐに帰る気になれない。日が暮れても暑さがひかない。

逃げるように商店街の書店に入ると、エアコンが寒いほどに効いていた。

何気なくビジネス書の書棚を眺める。

『新しい働き方』、『半数のスタッフで売り上げ倍増』……そんなタイトルばかりに目が行く。押し寄せてくる圧に、吐き気をもよおした。苦しい。逃れたいのに、どうしても手に取ってしまう。でもページをめくっても、頭には入ってこない。書棚に戻そうとして、隣の棚に並ぶ一冊の本のタイトルに手を止めた。

『自分をいたわる』

——自分をいたわる……。どこかで聞いた気がする。

ムンとした熱気とともに、あの日のことが頭に蘇ってきた。熱中症になりそうなところに声をかけてくれたカフェの店主がいっていたのだ。それがメニュー名だと告げて、冷たい甘酒を出してくれたのだった。確か商店街を脇に入ったところにあった。お礼をいいに行こう。そう理由をつけて、書店をあとにした。

路地の入り口には看板が出ていた。〈おひとりさま専用カフェ　喫茶ドードー〉。その下にはカードが貼られ、〈自分をいたわる甘いもの、あります〉と手書きされている。

「ほんとにそういうメニュー名だったんだ」

＊

夜になっても蒸し暑い日が続いていたけれど、今夜はいくぶん過ごしやすい。カフェに続く路地沿いの木々が静かに揺れている。小夜子は水色のドアに付いた金色のノブをそっとひいた。

「いらっしゃいませ。ようこそ喫茶ドードーへ」

黒いエプロン姿の店主に小夜子は頭を下げる。

「先日はありがとうございました。なんとか無事に帰宅できました」

「夏もやがて終わりますよ」

店主がひとりごとのようにいったかと思うと、はたと気づいたのか、

「今日の『自分をいたわる甘いもの』は甘酒ではないのですが」

と小夜子の顔を見た。どのみちメニューの中身はどうでもよかった。

「構いませんよ。自分をいたわりたかっただけですので」

そこで用意されたのが、この七厘だったのだ。

「焼くのはこれです」

差し出されたのは金串に刺さった一口大のかたまり。淡いピンクや白が夏祭りの華やぎを思い起こさせる。

「マシュマロですね」

マシュマロを焼くととろけるような食感になる。キャンプやバーベキューでも人気のデザートだ。

七厘の上で金串をくるくると動かすと、あっという間に焦げ目がついた。

「これは癒やされますねえ」

さすが「自分をいたわる甘いもの」だ。熱々のマシュマロを口に運ぶ。

「マシュマロって何でできていると思いますか？」

先生が生徒に尋ねるかのように店主が聞く。マシュマロは以前、商品として店で扱っていたこともある。

「メレンゲをゼリーで固めたものですよね」

「まあ、いまはそうやって作られているんですが」

「元々は違うんですか？」

小夜子は二個目のマシュマロを焼きながら聞く。

「ウスベニタチアオイっていう植物の根っこからとれるデンプンとはちみつを混ぜたものなんです」

のど飴として作られていたものらしい。

「ウスベニタチアオイの属名はアルタエアなんですが、その語源は何だと思います？」

聞いたことのない植物だ。語源など知るはずもない。

「いやあ、わかりませんね」

「治療、ですよ」

焼きたてのマシュマロをはふはふと頬張っていた手が止まった。

「治療？」

「そう。薬草ですからね」

店主が眼鏡の奥で細い目を光らせながら、両手を開いた。その仕草は科学者か博士のようだ。そういえば白衣を着たら似合いそうな風貌でもある。

「だから……」

自分をいたわる甘いもの。小夜子は網の上でキツネ色になって、とろりと溶けていくマシュマロを愛おしく眺めた。

「それにほら」

店主はキッチンのストックから一粒のマシュマロを取り出して、右手の親指と人差し指の間に挟んできゅっとつまんだり、力を緩めたりした。そのたびにマシュマロはゴム鞠《まり》のように伸び縮みした。

「ちょっとやそっとじゃ崩れないんです」

実験中の博士風の店主は、弾力のあるマシュマロを見ながら、目を細める。

「人間の心もこうだといいですね。すぐにぺしゃんこにならないように」

少しの変化にも壊れない柔軟性があれば、簡単には心が折れたりはしない。

「だから自分をいたわるんですよ。自分がいたわらずに誰がいたわってくれるんでしょう」

この間もいわれた言葉だ。

「自分にそういい聞かせてみるんです。ただ、後輩や同僚に寄り添って働きやすくするのが私の仕事なので、つい自分のことがあとまわしになってしまうんですよね」

彼女たちの希望にはできるだけ応えてきたつもりだ。本社の人員にも配慮して、その中でなんとかやり繰りをしようとした。

「それって、本当にその人たちのためですか？　もしかして自分がしたいからやっているんじゃないですか？」

店主が控えめにそんなことを口にした。

ぎくりとした。

後輩想いの店長、会社に迷惑をかけないベテラン、もちろん評価されることも嬉しかった。そうやって自己満足していただけなのかもしれない。もっと早く増員していたら、広崎さんだって気兼ねなく産休のことをいい出せたはずだ。もっと余裕があったら、もしかしたら大学生の橘さんも休養せずに救ってあげられたのかもしれない。

「他人に寄り添うって」

店主がまだ指の間で伸び縮みを繰り返しているマシュマロを愛おしそうに眺めながら、静かに切り出す。

「はい？」

「言うは易く、行うは難し」

そうつぶやいてから、マシュマロを脇の小皿に置いた。

小夜子は以前見た、有名美容室のサイトに並ぶ文字列を思い起こしながら、自分が何気なく口にした言葉を反芻する。こんな時だから、こんな時こそ……。便利で耳当たりのいい言葉が、無責任に散らばっていた。そして自分もまた上滑りする言葉を平気で口にしていた。

店主がカウンターの向こうの窓に目をやる。外では葉の繁った木々が揺れていた。

「急激に育った木はヤワなんです。でも時間をかけて変化していった木は強くなるんですよ。自分をいたわるってそういうことじゃないですか？」

ガラスの瓶に入ったキャンドルに火をつけて、小夜子の前に置く。炎がまわりを柔らかく照らした。

「ゆっくりと変化」

自分の年齢による変化になぞらえる。キャンドルの炎が微かに揺れている。

「駆け足だと見えないものも、歩くスピードを緩めれば見えてくるんじゃないかな」

店主のささやくような声がじんわりと耳に染み入った。顔を上げると、店主がカウンターの脇にある本棚を眺めていた。その隣の柱には小さな額に入ったドードーのイラストが飾られている。

「カケスはね」

店主が唐突にドードーとは別の鳥の名を口にした。

「冬のために自分の食料を貯めておくのだけど、貯蔵庫をあちこちに用意するのです。木の幹や苔の間にね。そうすれば、もしひとつの貯蔵庫が雪で埋もれたり、他の生き物に見つかったりしても安心なんです」

本棚から一冊の本を取り出す。鳥の写真集のようだ。

「いくつもの貯蔵庫を作るって、カケスなりのリスク回避ですね」

小夜子は店主が渡してくれた写真集のページをめくる。

いくつもの貯蔵庫……。それは自分の中に多様性を作ることに似ている。ひとつの役割だけにこだわらず、いくつもの自分がいればなんとかなる。小夜子が好みのものを集めてSNSにアップしていたこと、それも歩き続けていくためのひとつの方法だったのだ。

あの赤い家電は返却しよう。部屋も元のように雑貨を飾ろう。そしてマシュマロを口に運びながら、そんなことを考えていた。小夜子は最後のマシュマロのように強くて柔らかい人間に、なれるだろうか、と。急ぐことはない。ゆっくりと、ゆったりといけばいい。

「ありがとうございました」

会計を終えた小夜子が頭を下げると、

「ありがとう、は自分に」

と店主は返す。どうやらこれが〈自分をいたわる甘いもの〉のシメの言葉らしい。

「それと、ぼくからあなたへのサービスです」

店主はくるりと振り向いて、カウンター脇の本棚の前に立った。鳥の写真集を元の場所に戻したかと思うと、もう一度同じ本を抜き出してみせた。

「この本が何か？」

写真集をくれるということだろうか。

「いや、それじゃない」

店主がそわそわとしている。

「どうしたらいいのか……。この本棚ごと渡すわけにもいかないし」

ぶつぶついう店主を小夜子は不思議に思いながら眺める。

「つまりこういうことです。ぎっしり本が並んだ本棚から一冊の本を抜き取る。すると隙間ができる」

「はい」

「心に隙間を、です」

「なるほど。うまい！」

小夜子は手を叩いた。

「でもご本はいただけません。お気持ちだけで大丈夫です」

首を振る小夜子に、店主は、

「ではこれはどうでしょう」

そういっていま出した写真集の隣の本を取り出す。

「ええと……」

意味がわからずに小夜子はとまどう。

「よそ見をする、です。こっちの写真集を選んだつもりが、隣の本を見たらこっちのほうが気になった、新しい発見があった、ということ。買い物をすると、そんなことがありますよね？」

さっきの自分だ、と小夜子は思った。冷房に当たりたくて入った書店で、ビジネス書を見ているうちに別の本をみつけ、その挙げ句にこの店を訪れていた。寄り道やよそ見のおかげだ。

小夜子は心の中で頭を下げた。森のカフェにありがとう。そしてがんばっている自分にも、ありがとう、と。

いたわる甘いものの効能で調子がよくなったのか、少し遠回りをして帰りたくなった。歩いているうちに小夜子の頭の中に次々にアイディアが浮かんできた。

開店日を集中させて、たとえば月の上旬と下旬にわけてみるのはどうだろうか。それで小夜子がセレクトした手仕事の作家の商品を紹介したりイベントをやったりするのもいいかもしれない。営業日が減るかわりに新たな集客が見込まれれば、ゆったりと働けるし、やりがいも感じられる。

それにたったひとりで抱え込む必要はない。

――チームで働くよさだと思っています。

そういってくれる仲間がいる。頼る勇気、甘える勇気を持とう。

通りを渡ると、控えめな看板が出ていた。

〈半個室のへアサロンです。安心して過ごせます。お気軽にどうぞ〉

予約の電話番号にスマホのカメラを向けた。

＊

七厘の炭はまだ赤く燃えています。

そろりは小皿に置いていたマシュマロを焼いてみました。そして紙箱から何かを取り出しています。薄焼きのクッキーです。鼻を近づけ、

「スパイシーだ」

とつぶやいているところをみると、ジンジャークッキーのようです。

七厘の上のマシュマロが焼けてぷくっと膨れてきました。そろりは鉄箸でそれを取り上げ、クッキーにのせ、もう一枚のクッキーで挟みました。

「スモアだー」

嬉しそうに口にしたのは、グラハムクラッカーにチョコレートとマシュマロを挟んだお菓子の名前です。でも、ジンジャークッキーとマシュマロでも似たような味のおやつになりそうですね。

サクッとした音がこちらにまで届きましたが、どうやらかなり美味しかったようです。ストックから出してきて、次のマシュマロを焼きはじめましたから。これはしばらく続きそうですね。

遠くから虫の声が聞こえてきました。暑い夏もようやく終わるのでしょうか。

第四話

森のおとしものと森のおくりもの

ザクッ、ザクッ、ザクッ。

そろりが「喫茶ドードー」の庭を歩いています。

ブルーデニムの足もとには黒いラバーの長靴を履いて、手には竹でできた熊手を持っています。足を踏み締めるたびに音を立てているのは、赤や黄に色づいた落ち葉です。

「喫茶ドードー」はさながら小さな森のように楓や楡の樹木に囲まれています。日の落ちるのが早く感じられるようになる頃から、青々と茂っていた葉は少しずつ色づいていき、一枚一枚と葉を落としていきます。

ある朝、そろりが店に着くと、庭に落ち葉の山が突如出現していました。秋は急ぎ足でやってくるのです。

そろりは熊手を前後に動かし、落ち葉の山を崩しています。ちり取りで集めるのでしょうか。それとも庭の隅に寄せるのでしょうか。いいえ、そのどちらでもないようです。落ち葉を庭の真ん中に連れてきては、ならしています。どうやら庭全体に落ち葉を敷き詰めたいようです。

「まだまだだな」

熊手を片手に持ち、もう片方の手は腰にあて、ぐるりと小さな森を見渡しています。

庭の真ん中にはテーブルセットがひとつ。そのテーブルの上でも二、三枚の葉が風に吹かれています。一人がけのテーブルセットをひとつ置くのがせいぜいで、椅子をもう一つ増やしたら窮屈《きゅうくつ》になるくらいの庭です。それでも一面を落ち葉で覆うには、もうしばらくかかりそうです。

そろりはかがんで、一枚の葉を手に取りました。

「ふたつの切れ目が葉の中ほどまであるから、これはトウカエデかな。こっちは切れ目が四つ。モミジの仲間だな。モミジバフウだろうか」

そうつぶやきながら、一枚一枚用心深く葉を拾って重ねていきます。色とりどりの葉がそろりの指先で輝いています。

と、しゃがみこんだそろりがじっと地面を見たまま手を止めました。

「こんなところに……」

顔をどんどん地面に近づけていくと、テレビカメラがズームアップするようにして見えてきたのは、小さなキノコです。しめじのような丸い傘をつけています。しばらくそれをじっと眺めて首を傾げてから、そろりは立ち上がりました。きのこ狩りは諦めたようです。ふたたび指先の落ち葉を満足げに見て、手首を上下に振ると、カサコソと葉の擦れる音がします。

「実りの声が聞こえる」

ザクッ、ザクッと落ち葉を踏み締めながら、店の入り口に向かいました。

＊

「すっかり人に会わなくなったから、ヘアスタイルとかどうでもよくなっちゃって」

スマートフォンを操作しながら話す客の声に、

「お仕事、テレワークが多いんですか？」

谷彩花《たにあやか》がカラー剤を調合している手を一瞬止めて顔を上げた。

「ですね。上司は週一くらいは出社してほしそうなんですけど、会社的には任されているので。まあさすがに月に二、三回は行ってますけどね」

半年ぶりに来店したこの客は、カラーリングだけを予約していた。以前はひと月に一度、カットとカラー、場合によってはパーマやヘアエステをしていくこともしばしばだった。事前に好みのスタイルをSNSやネットの記事で探してくるようで、スマホに保存した何枚もの画像をみせてはイメージを伝えてきていた。

彼女のようにこだわりの強い客はまれで、たいていの客は長さやイメージの希望すらなく全ておまかせで、と一任してくる。

彩花は美容の専門学校卒業後に、地元の美容室に就職した。地方都市の駅前にあるその店は、昔ながらの美容室が多いそのあたりでは、おしゃれな部類で、来店客も二十代から三十代の流行に敏感な層がメインだった。

二年ほどのアシスタント期間を経て、スタイリストになった。顧客も付き、店舗にもよるが、通常は五年くらいはかかる、といわれたトップスタイリストに三年で昇格した。そのまま同じ店に在籍してディレクターやエグゼクティブスタイリストといった肩書きを目指すことも出来た。でももっと最先端の環境で技術を磨きたい。そう思って上京した。二十五歳になったばかりの三年前のことだ。

転職したのは都心部でチェーン展開するヘアサロンだったが、彩花が配属された店は、下町の雰囲気の残る商店街の一角にあった。客層は、地元で働いていた店よりも高齢で、わざわざ選んで出向いているというよりも、近所だから来ているといった様子だ。襟足《えりあし》を整える程度のカットにあとは白髪染め。向上どころか、彩花がこれまで習得した技術を披露する機会もほとんどない。

「あれって、絵本？」

無心になってカラー剤を塗っていたのだろう。客の甲高い声で我に返った。棚に飾ってある本のことだ。鏡に後ろの本棚が映っていた。

「そうなんです。大人向けの絵本なんですよ。海外の翻訳本です」

「読んでもいい？」

「ええ、もちろんです」

この流れで断れるはずもない。塗り残しがないか襟足のチェックをし、ラップで髪全体をまとめた。

「このまま三十分ほど置きますね」

棚から本を取り、客に渡した。これでまたあの本はしばらく店頭に置けない。彩花は軽いため息をついた。

彩花の勤めている「スノウヘア」は、全ての店舗が、半個室の客席になっている。アシスタントがシャンプーやカラーを担当する美容室も多いが、ここではひとりの美容師がひとりの客のすべてを担当する。来店客にゆったりとくつろぎながら過ごしてほしい、というコンセプトだったのだが、折しもソーシャルディスタンシングの観点から、客席が他の客と遭遇しづらい半個室で、かつ施術する人数が限られていることが利点になった。安心を求めて来店する客がコロナ禍になって一気に増えた。

ならば「安心で安全」を売りにしよう、と感染防止対策には大げさなほどに気を遣っている。

「蒸れたりしていませんか?」

二十分を過ぎたところで、いったんラップを外し、チェックをすると、色はきれいに入っている。

うなずいた客が、絵本から顔を上げる。

「この本素敵ね」

「絵もいいですけど、文章がいいと思いません？」

「ほんと。言葉選びがいちいち綺麗。作者はイギリス人みたいね」

表紙のカバーに書いてある紹介文をこちらに見せながら客がいう。

「そうなんですよ。だから翻訳した方の力は大きいでしょうね」

担当の半個室のインテリアは美容師に任されている。本好きの彩花は棚に自分好みの絵本や雑誌を並べて、客が自由に手に取って読めるようにしていた。花瓶には季節の花を飾り、ふかふかの膝掛けを置き、サービスに提供するドリンクには、陶器のカップを使っていた。

ただしそれらはウイルス対策の観点からはよろしくない。待ち時間に渡していた雑誌のかわりに、タブレットを渡すようになった。最新の雑誌をダウンロードできるタブレットは各店に支給され、客が使うごとに消毒をする。膝掛けは置かず、ドリンクのサービスもなくなった。

彩花の半個室も、本や花瓶を下げてしまったほうが安心だと判断したが、それではあまりにも殺風景になってしまうので、客から手の届かない位置の棚に数冊の絵本を飾りとして並べた。

「この小橋可絵さんって方が翻訳者でしょ」

「はい。私、この方の訳した本を何冊か読んだことがあるんですけど、どれもいいんですよ」

もっとも翻訳者で本を選んでいるわけではない。たまたま読んで気に入った本が同じ訳者だっただけだ。

「いい本教えてもらっちゃった」

そういいながら、客が自分のスマホのカメラを本に向けた。

「そのタブレットで雑誌も読めますからね」

あと五分ほどでいったん洗い流す旨を伝えながら、いちおう声をかける。

「ええ。でもやっぱり本は紙のほうが見やすくって」

その気持ちはよくわかる。彩花だって決してタブレットで雑誌を見たり本を読みたいわけではない。

でもいまは仕方ないじゃないか、そのジレンマもわかってほしい。彩花は曖昧に微笑んで、シャンプー台の準備に入った。

＊

そろりは庭で拾った落ち葉を、キッチンのテーブルトップに並べました。それからカウンターの下から持ち手の付いたカゴを引き出し、落ち葉を一枚、一枚入れていきます。カゴにはすでにたくさんのものが入っています。松ぼっくりやシイの実、小さな木切れ……。どれもそろりが「喫茶ドードー」の森や散歩の途中で見つけたものです。

少しずつ嵩《かさ》が増えていくカゴを満足げに持ち上げていたかと思うと、ふと思いついたように、本棚に向かいました。そして一冊の本を取り出しました。真剣にページをめくっては首を傾げています。

「うーむ。似て非なるものなり。傘の形はこれっぽいが、茎はこんなに太くない」

開いたページには繊細《せんさい》なキノコの絵が描かれ、丁寧な解説が付いています。図鑑でしょうか。

「こっちかもしれぬ」

いくつかページをめくって手を止めます。

「やや……」

驚いたようにそういったかと思うと、本に置いていた手を上げました。

「ドクロマークだ」

何をいっているのでしょうか。キノコの図鑑にドクロ？　わかりました。毒のあるキノコだという印ですね。

そろりが庭で見つけたキノコがもしかしたら毒キノコかもしれない、ということでしょう。

「採らなくてよかった」

そろりがホッとした表情を見せています。もちろん手にしただけで毒が回るはずもありません。でも採らないに越したことはありませんからね。

気を取り直して、冷蔵庫からマッシュルームのパックを出しています。安心してください。これはさっき、そろりが八百屋さんで買ってきたものですから。

どうやら今夜はこれを使って、何か作るようです。

「さてと」

と声を出して、黒いエプロンの紐《ひも》を結びました。

＊

「いらっしゃいませ。ご予約のお名前をお聞かせください」

受付の北見《きたみ》さんが潑剌《はつらつ》とした声で接客している。

「十一時から予約していた田之上《たのがみ》です」

「担当は谷ですね」

席の準備をしながら彩花が入り口を見ると、受付で北見さんがパソコンの予約画面をチェックしながら確認していた。

「田之上さん、こんにちは」

顔を出して挨拶する。

「あら、谷さん。すっかりお久しぶりになっちゃって」

と田之上さんが恥ずかしそうに髪に手をやった。

彩花がこの店に入店した当時から通ってきてくれている六十代のお客さんだ。白髪を染めず、グレーヘアのロングなので、美容室に来るのは季節に一度程度だったが、コロナ禍になって控えていたのだろう。約二年ぶりの来店だ。

「それでは先に検温をさせていただきます」

北見さんがおもちゃのピストルのような形をした体温計を田之上さんのおでこに向ける。

「腕じゃダメかしら？　予約に遅れそうで急いできたから汗かいているのよ」

「もちろん」

そういって北見さんが田之上さんの腕に体温計を近づけると、

「ピピッ」

と音が鳴った。非接触型の体温計は機種にもよるのだろうが、脇に挟んで測るタイプのものよりも精度が低いように感じる。スタッフも毎朝、出勤時に検温しているが、三十五度台がたいていで、極端に低いこともある。それでもこうして検温していることで、熱があったり体調が悪いときは、行くのを控えよう、と考えるだろう。その点で検温には意味がある、とスタッフの意見が一致した。

「靴の裏を消毒するので、足裏を少しこちらに向けていただけますか？」

「靴まで？　珍しいわね」

田之上さんがけげんそうにいう。

「美容室は床を掃くことが多いので、空気中にさまざまなものが舞いやすいんです。なので入店時になるべく外のものを入れないように、と思っているんです。それでは手指の消毒をお願いします」

北見さんが入り口の消毒液を指さす。

「私アルコールで手荒れしちゃうのよね。ワクチンも接種しているから大丈夫じゃない？」

「こちらのハンドフレッシュナーは、グリセリン配合で手に優しいのですが、どうでしょう」

「どうかしらね」

苦々しい口調に彩花が慌てて、口を挟んだ。

「もしアルコールが合わないようでしたら、いったん洗面所で手を洗ってきていただければ安心かと思います」

レストルームに案内しながら、受付の北見さんに目配せした。

戻ってきた田之上さんを席に案内する。

「色のトーンを揃えたいので、カラーは髪全体にお願いね」

グレーヘアでも定期的にカラーをする必要があるが、頻度は限られる。

「しばらくカットはされていなかったんですよね」

思いのほか整っている毛先を束ねながら聞く。

「ちょこちょこ気になるところは家で切っていてね。ホームカットっていうの？　だから美容室に来るのがすっかりご無沙汰になっちゃったわ」

「ご自分でカットされたんですか？　お上手ですよ」

彩花はヘアブラシをかけながら声をかける。器用な人なら、毛先や前髪のカットなどたやすい。ドラッグストアのカラー剤を使って自分で染める人も多い。家でパーマに挑戦する人すらいる。そうなれば高いお金を払ってまで美容室に来る必要もないだろう。わざわざ来てくれたということはサロンでしか得られない付加価値が重要になってくる。

「今までのハーブカラーよりも、もっと肌に優しい薬剤のカラーがあるんですけれど、いかがですか？　お値段は千円ほど上がってしまうんですけど」

「そうね。まあ、いつものでいいわ」

「かしこまりました。トリートメントはどうされます？」

「トリートメントは今日はしなくて大丈夫よ。それよりもこの間いただいたヘアエステのサービス券って使えるかしら？」

来店数によってポイントがたまり、ヘアケア用品やヘアエステのサービスが受けられる。でも田之上さんが使える期限はとっくに過ぎている。それでも彩花は笑顔で答える。

「ええ、もちろんです。ヘアエステ体験ですね。カラーのあとにさせていただきます」

体験で気に入ってもらえたら予約につながる。そうやって目論んだサービスだったが、無料体験以外の予約が入ったことはない。

カウンセリングが終わると田之上さんがマスクを外した。

「すみません、感染予防のためにマスクは着用をお願いしているんです」

「マスクしたまま塗れるの？　塗り残しとか困るわよ」

「お耳のあたりを塗るときだけ、一時的に外させていただきますので。紐が少しだけ汚れてしまいますが、申し訳ありません」

「そうなの？　それにしてもなんだか窮屈な世の中になったわね」

でも仕方ないじゃないか。安心安全のための措置なんだから。いちおうタブレットを渡してはみるが、この世代が好んで使うとは思わない。案の定、

「ふつうの雑誌はないの？」

と要求され、奥に下げていた料理雑誌とファッション誌を持ってきた。

「谷さんはご実家帰っているの？」

渡した雑誌は数ページめくったきりだ。紙類に付着したウイルスは二、三日は生存するらしい。週末まではこの雑誌は他の客に渡せない。

「私ですか？　夏休みに顔を出そうかと実家の母に電話したら、やんわりと断られちゃいましたよ。東京からは帰ってきてほしくないみたいですよ」

「そうなの？　うちの娘なんてサークルの合宿だ飲み会だって平気で出かけていくわよ」

あはは、と派手な笑い声に、一瞬店内の空気がピリッとした。半個室とはいえ、地続きだ。仕切りの壁も椅子の背もたれの高さくらいまでしかない。大声や笑い声は気になる人もいるだろう。

美容室に癒やしを求めてくる人もいる。リラックスして過ごしてほしい。それゆえの対策なのに、自分勝手に過ごす客が多すぎる。「ダブルスタンダード」という言葉を最近よく耳にする。サービスと感染対策。その両立はまさにそれだ。

「ではこのまましばらく置きますね」

彩花が席を外そうとすると、田之上さんに引き止められた。

「今日はコーヒーはいただけないの？」

「いま、ドリンクサービスは自粛しているんです」

「あら残念。ここでコーヒーいただくのを楽しみにしていたのに」

田之上さんの口が不満そうに尖っているのが、マスク越しにもわかった。

「すみません」

彩花はため息を抑えながら頭を下げた。

＊

「ふーむ。厚切りのステーキからサンドイッチまで、か」

そろりが何やら印刷された紙を見て、ぶつぶつ独り言をいっています。キッチンカウンターには持ち手の付いた鉄の箱が置いてあります。大型の辞書くらいの大きさでしょうか。まさかバッグではないでしょう。電球を買いに行ったホームセンターでたまたま目にして衝動買いをしたようです。そろりはたまにそんなことをしてしまうのです。

説明書らしきその印刷物を置いて、鉄の箱に手を添えます。持ち手の両脇に付いているストッパーを外すと、その箱は真っ二つに分かれました。内側には鉄板が載っています。

ここに食材を挟んで電気で熱を通す仕組みのようです。

「ホットサンドメーカーのボス級のやつ、だな」

こちらの声が聞こえたわけでもないでしょうが、そんなことを口にして、蓋に付いた鉄板を取り外し、水洗いをはじめました。早速使ってみるようですね。

「食パンの上にマヨネーズとマスタード、具材はマッシュルーム。それにチーズをのっけて、と」

もう一枚食パンを取り出し、サンドイッチを作りました。それをさっきの箱の中に入れ、持ち手をひきます。

「盛りすぎたかな？」

確かに具材がちょっとはみ出していますが、お構いなしです。そろりは上の蓋をおろし、ストッパーをかけました。五分くらいたったでしょうか。ゆっくりと蓋をあけます。

「おお！」

うまくいったようです。パンがこんがりとキツネ色になっています。

「いっただきまーす」

サクッとした音とそろりの満面の笑みが美味しさを伝えてくれています。便利なものがあるもんですね。感心してしまいます。

口についたパンの粉を指で拭っていると、路地の向こうに人影が見えました。お客さんでしょうか。まだ開店前ですけどね。でもそろりは大きなマスクを着け、入り口に向かいました。どうやら美味しいホットサンドのおかげで、そうとう機嫌がいいみたいです。

「いらっしゃいませ。ようこそ喫茶ドードーへ。ただし当店の開店は夕方からです」

ずいぶん不躾ですが、これがそろりなりの接客なのですから、仕方ありません。

「素敵なお店ですね。実は私、近所の美容室の者ですが、チラシを配っているところなんです」

小柄な女性がそろりに紙を手渡しています。美容室にお勤めなだけあって、きつくカールしたヘアがお似合いです。同じくるくるな髪でも、寝癖だらけのそろりとは大違いです。

「当店のお客さんに渡せばいいんですね？」

「ありがとうございます。サービス券も付いているので、よろしくお願いします」

「初回カット五十パーセントオフ？　こりゃすごい」

思い切った割引ですね。そろりが驚くのも無理もないことです。

「お店を知って来てもらうのがまずは大事だ、という考えなんです」

なるほど、とチラシに目をやっていたそろりが、

「あ、少し待っていてください」

そういうなり、店の中に戻ってきました。カウンターの下からカゴを出し、すぐに入り口に向かいましたが。

「ひとつお持ち帰りください。この庭で拾ったものです」

美容師さんは興味深そうにカゴを覗いてから、小さな木の実をつまみました。

「森のおとしものです」

そろりはにっこりと笑いました。

*

「彩花さん、これ見てくださいよ」

客を見送って戻ると、北見さんにスマホの画面を見せられた。SNSの画面には、いくつかの動画が並んでいた。

「これがビフォー。で、こっちがアフター」

北見さんが器用に画面を操作する。店内に客がいないのをいいことに、音も出している。

「面長なので、それを目立たせたくないんです。前髪を作りたいんですが、似合いますかね」

画面の中で明るい髪色でロングヘアの女性が緊張気味にしゃべっている。美容室のセット面でのカウンセリング風景だ。

「全然出来ますよ。かわいくなりますよ」

若い男性美容師が気さくに答え笑顔を見せている。こんなふうに微笑まれたら客によっては勘違いしてしまうのではないか、という愛想のよさだ。美容師も自分のルックスにそうとう自信があるのだろう。

「ほんとですか？」

頬を緩める客を、まんざらでもない表情で見る。そのあとにさっきのアフターの映像につながった。

「え？　これって」

彩花が目を近づける。

「ですよねー、そりゃ変わるでしょ、って」

アフターの動画では、髪色を黒くし、前髪は短く、ロングヘアが肩までのボブに「変身」している。毛先はアイロンでセットしたのだろう、緩やかに外巻きにカーブしている。

「わあ、嬉しいー」

動画の中で客が目を輝かせている。

このカットでは、一度家で髪を洗ったら、ぺちゃんこで地味になる。彼女の顔立ちでボブにするならば、奥から徐々に髪の量を減らし、微妙な段を入れなければならないのに、表面の印象を強めるためだけの、鋭角なカットをしている。前髪も梳《す》き方が中途半端で、スタイリング剤をつけなければ額から浮いてしまうだろう。

「しかもメイクまで変えてない？」

宣伝用に撮ったのだろう。眉は整い、アイラインもきつく入っている。

「それからこれ」

北見さんが別の動画を操作する。今度もロングからショートへの「変身」だ。

「切る前のほうがよくない？　この方は断然ロング向きの顔立ちでしょ。ショートにするにしても、襟足だけはしっかりと残さないと」

彩花が呆れていると、北見さんも同意する。

「なんか大幅に老けちゃいましたよね。気の毒に」

でも、音量を上げたスマホからは、

「わあ、すごくすっきりして、別人みたいです。かわいいー」

と喜ぶ声が聞こえた。自分でかわいい、といえる度胸にも驚くが、カット技術の拙《つたな》さに怒りすら覚える。

「これでもだまされちゃう人が多いんですよ。ほら」

北見さんがスマホをササッと操作して、この美容室の予約サイトに行く。この先一ヶ月以上、ずっと満席だ。この予約状況もどこまで本当かわからない。でもおしゃれなヘアスタイルに変身させてくれる人気店、と思う人もいるだろう。

「一度行ったら、もう二度と行かないんじゃない？」

「それでもいいんですよ、きっと。来客数が全てなんじゃないですか？」

閉店後や店休日にはスタッフ同士でカットの練習を欠かさない。流行《はや》りのスタイルにも対応できるよう、研究もする。手入れがしやすく長持ちのする技術を常に考えている。でもそんなことを客は望んでいない。簡単にイメージが変わって、その瞬間がよければいいのか。それはうちの店に限ったことではない。

吐き捨てるような北見さんの声を聞きながら、カウンターに目を落とすと、予約用のパソコンの横に、木の実がコロンと転がっていた。

「これ何？　かわいい」

「あ、これ。この間ポスティングにいったカフェで貰ったんです」

北見さんにいつもの元気な表情が戻った。

チラシやクーポンを家やマンションのポストに投函するポスティングは、近所の人に店の存在を知ってもらい、利用を促すための宣伝活動だ。「スノウヘア」でも、スタッフが空き時間を使って、店の近隣をまわっている。地道ながらも有効な手段で、SNSなどを使わない年代にも周知できる。さっきのビフォー、アフターの投稿なんかよりも、ずっと誠実で直接ユーザーに訴えかけられると彩花は思う。

「カフェ？」

この商店街にそんな気の利いた店があっただろうか。

「私も全然知らなかったんですけど、通りからちょっと離れてみようかと路地を入ったら看板が出ていて。そしたらすごい素敵なお店だったんですよ」

男性店員がひとりで切り盛りしている店だという。樹木に囲まれた中にあって、まるで森の中にいるようだった、と北見さんが興奮して話す。

「この街に森なんて、想像できないなあ」

彩花が驚く。このあたりはごく普通の住宅街だ。

「ですよね。でも突如そんな空間があらわれるんですよ。今度、行ってみてください」

「じゃあ、一緒にランチにでも行こうか」

彩花が誘うと、

「ご一緒したいのは山々なんですが」

北見さんが秘密を教えるかのように小声になった。

「そこ、おひとりさま専用カフェなんですって。しかも夕方からしかオープンしないみたいです」

北見さんがポスティングに訪れたときは、開店前の準備中だったそうだ。カフェへの道順と店の名前を教えてもらいながら、カウンターの木の実を手に取る。

「これもじゃあ、その森の木の実なのかなー」

「多分そうですよ。お店の人にチラシを渡したら代わりにくれたんです。『森のおとしものです』って」

「森のおとしもの？」

彩花が目を丸くした。会話はそこで中断した。店の電話がけたたましく鳴ったからだ。

北見さんがその音をすぐにでも止めたいかのように、受話器を摑んだ。

「お電話ありがとうございます。スノウヘア北見です」

しばらく相づちを打っていた北見さんが、彩花に目配せした。

「担当は谷ですね。はい、ただいまスケジュールを確認します」

保留音を鳴らし、受話器を置く。

「一昨日いらした沢井《さわい》さんというお客さんなんですが、お直しご希望のようです」

カラーやパーマの仕上がりが気になる場合は、来店後一週間以内なら、お直し、つまりやり直しができるシステムだ。確か、予約なしで来店した飛び込みの新規客で、ちょうど手の空いていた彩花が担当した。

彩花は受話器を取る。

「お電話代わりました。担当させていただいた谷です」

彩花の言葉を遮るように、刺々しい声が電話口から聞こえてきた。

「あのね、よく見たらカラーが薄いのよ。やり直してもらえない？」

アレルギー体質とのことで、できるだけ頭皮に優しい薬剤を希望されていた。彩花がすすめたカラー剤は天然素材で顔に付いても安心な薬剤だった。ただし色はケミカルな薬剤のようには強く入らない。了解を得ていたはずだ。こうした安全面を求める客に向けた処方は、業界でもニーズが高い。

「もともとナチュラルに染まるカラー剤ですが、日を置くとなじんでくると思います」

定着もゆっくりなのが特徴でもある。それだけに少なくとも翌日まで洗髪は控えてもらうようにもしている。

「そこで見たときはいいと思ったのよ。でも夜、髪を洗って乾かしたらがっかり。とにかくすぐに直してもらいたいの。何時ならやってもらえる?」

当日に洗髪したのなら、落ちも早い。何度も説明したのに、と気落ちする。丁寧に塗った時間も台無しだ。でもそんなことはいっていられない。お直しに来る客は基本的に不満を抱えている。なるべく機嫌を損ねないように柔軟に対応するのが得策だ。このあとは閉店時間まで予約が入っている。仕方ない、時間外だが、閉店後に入れるか。彩花は時計に目をやる。

「本日でしたら二十時からではいかがでしょう?」

「二十時? 無理よ。子どもも帰ってくるし。普通の主婦がそんな時間に出られると思うの?」

「申し訳ありません。本日はほかの時間帯は予約が入っておりまして。明日でしたらお昼間も大丈夫ですが、ご都合はどうでしょうか」

「私はね、今日やってってお願いしているのよ。もういいわ」

電話はプツリと切れ、その後はツーツーという電子音だけが届いた。気づいたらカウンターにあった木の実を右手でぎゅっと握りしめていた。

「うちの店の特色として、ヘアエステを前面に押し出してみるのはどうでしょう」

その日の閉店後のミーティングでは、北見さんが見つけたくだんのＳＮＳの話題から、そんな提案が出ていた。発言した遠山《とおやま》さんは、彩花よりも若いが、この美容室ではベテランだ。

「体験でみなさん気に入ってくださるのに、予約につながらないんですよね」

昨年入店した千脇《ちわき》さんがいう。「スノウヘア」では、キャリアに関係なく美容師はみなスタイリストとして同列だ。チーフやディレクターといったランク付けはない。指名料金なども設定していないのは、ランクやキャリアは来店客には関係のないこと。みなさんに等しく綺麗になってもらいたい、という考えからだ。

「気軽にオーダーできるように、軽めのコースを作るのもいいですよね」

遠山さんの意見にうなずきながら、

「その上でご自宅でもフォローできるように、ヘアケアのサンプルを差し上げたら喜ばれるんじゃないですか？」

彩花もそんな提案をする。

「配布用のサンプルをいただけないか、メーカーさんに聞いてみましょうか」

北見さんがメモがわりにスマホに打ち込んでいたら、入り口ドアを叩く音が聞こえた。

「あれ？　お客さんでしょうか」

照明を落とした受付に走っていった北見さんが、小走りで戻ってきた。

「彩花さん、ご指名です。例のお直しの……」

時計は二十時を三十分ほど過ぎている。予約をしたつもりでいるのだろうか。いぶかしみながら行くと、ロングヘアの女性が立っていた。沢井さんだ。

「谷さんね。ねえ、見てちょうだい」

きっちりとした強めのブローを施したヘアに手をやる。

「本日はご予約にご対応できず失礼しました」

「いいのよ。おかげですっごくいい美容師さんに出会えたから。あなたが変なカラーをしてくれたおかげよ。そのお礼をいいたくてねー」

見下したような視線が投げられる。確かに色は濃くしっかり入っている。しかしこの色はあきらかにケミカルの薬剤を使っている。すでに毛先に傷みが生じているが、スタイリング剤でうまくおさえているだけだ。薄くなった頭頂部からは赤くなった頭皮が透けてみ

えている。アレルギーは大丈夫だろうか。とっさに、

「お薬が髪に合うといいですね」

　と口を突くと、沢井さんは少しむっとした表情をみせた。

「こちらの要望にしっかりと応えてくれる、これがプロのお仕事よね。それをあなたに教えたくて寄ったのよ。もう二度とここに来ることはないけどね」

　彩花が頭を下げたのに満足したのか、

「さて、綺麗にしてもらったし、お買い物でもして帰ろうかしらねー」

　と、ガラスの入ったドアをガチャリと音を立てて閉めて、暗闇の中に消えていった。こんな時間には出かけられない、といっていたのに、ワンピース姿の沢井さんの夜はまだまだ長そうだ。

　帰り道の足取りは重い。商店街で沢井さんに遭遇するのもいやだ。彩花は横道に逸れた。ネイビーのワンピースのポケットに手を入れたら、丸いものに触れた。北見さんが貰ってきたあの木の実だ。ポケットに入れたままになっていた。

「そういえば、路地の奥にあるカフェだっていっていたっけ」

　北見さんの説明の記憶を辿りながら歩くと、聞いていたとおりの看板にぶつかった。

〈おひとりさま専用カフェ　喫茶ドードー〉

その下にコーヒー、紅茶、カフェオレ、オレンジジュースと定番のメニューが並ぶ。サンドイッチやスイーツなどもあるようだ。看板の片隅にポストカードが画鋲で留められている。手書きの文字で〈森のおとしもの、さしあげます〉。

「これね」

ポケットから木の実を出す。その文字の横に小さく申し訳程度のメモが添えられていた。

〈森のおくりもの、あります〉。

「おとしものにおくりもの？　物販もしているんだろうか」

彩花は看板の矢印に沿って細い路地を歩いていった。

＊

「あっ」

路地を抜けた先の光景に彩花は息を呑む。一面が金色に輝いていたからだ。

――落ち葉？

黄金色だけでなく、赤や茶、色とりどりの葉が敷き詰められている。

「いらっしゃいませ。ようこそ喫茶ドードーへ」

声を頼りに顔を上げると、庭の奥に竹の熊手を手にした細身の男性が立っていた。どうやらこの人が北見さんの話していた店主のようだ。

「すごい綺麗ですね」

目を細めて庭を見ると、店主らしきその男性がおもむろにうなずいた。

「これがこの秋の森のおとしものです」

彩花はすかさずポケットから木の実を出し、店主に見せる。

「先日、同僚がここでこれをいただいてきて」

「そうでしたか。よかったら庭の実を拾っていってください」

店主が脇に抱えていたカゴを差し出した。

「表の看板にあった森のおくりものっていうのは何ですか？」

「それは今日のメニュー名」

「メニュー？」

森のおくりものがメニュー……。彩花が首を傾げていると、

「食べていきますか？」

といったかと思うと、店主は返事も待たずに背を向け、そのまま庭の奥の家に入っていった。

「あの家が店舗なのか」

店内にいくべきか、ここで待っているか逡巡していると、家の窓が開いた。

「落ち葉の上に座ってみてください」

敷き詰められた落ち葉はまるで金色の絨毯《じゅうたん》のようだ。彩花は屈んで手を置く。カサコソと乾いた葉が音を立てた。なんだか楽しくなってきて、そのままドスンと腰を落とした。

「ふかふかだ」

落ち葉は想像以上に密集していて、少しばかり手で動かしたくらいでは地面が見えない。そのまま足を伸ばした。両手を腰のうしろに置いて、夜空を眺めた。

*

「タルト台に卵液を流し込んで、と」

卵と生クリーム、それに摺り下ろしたたっぷりのチーズを混ぜて台の上に垂らします。

「マッシュルームをめいっぱい敷き詰めて、あとは焼くだけ」

予熱であたたまったオーブンに台を入れ、扉を閉めました。それから三十分くらい焼いていたでしょうか。しっかりと焦げ目のついたタルトが完成しました。

そうやってさっき焼いたタルトは、粗熱《あらねつ》をとるために、金網に置かれています。

庭からキッチンに戻ってきたそろりが、包丁で切り分けて、皿に載せました。そして、

「お待たせしました。森のおくりものです」

庭の落ち葉の上に座っているお客さんのもとに届けています。

さすがに座ったままでは食べづらいでしょう。庭のテーブルに案内しているようです。

「キノコのタルトなんですね。ここで採れたキノコなんですか？」

とんでもないです。そんなことをしたらどうなるか……。

そろりはおそろしくなって身震いしました。

＊

これでもか、というくらいにマッシュルームが載っているタルトを彩花は口に運ぶ。

ぎゅっと凝縮されたキノコの旨味が口中に広がった。卵の生地は驚くほどに濃厚で、ふかふか。とろけるような滑らかさだ。堅く焼き上げたタルトは縁のところはサクサクと歯ごたえがあり、食感まで楽しめる。

「美味しいです。マッシュルームってこんなに濃い味がするんですね」

庭掃除を続ける店主に声をかける。

「キノコは乾燥すると旨味が増すんです。それに太陽にあてたキノコはビタミンＤが豊富なんですよ」

ビタミンＤは感染症にも効果が期待される、という研究結果を聞いたことがある。はっきりした結論が出ていないにしても、免疫力を高めることには違いないだろう。添え物くらいにしか考えていなかったキノコを見る目が、変わりそうだ。

「ちょっとやさぐれていたんですけど、落ち葉の上に座っていたら癒やされました。もっともこれを触っているだけでも、少し和むんですけどね」

そういって彩花はポケットから木の実を出してテーブルに置いた。

「たとえ森の中にいられなくとも、写真や映像を見るだけでも森林浴の効果はあるんじゃないか、ってぼくは思うんですよ。だからそんな小さな木の実ひとつだって何かの気休めにはなるのかもしれませんね」

眼鏡の奥の店主の目がわずかに微笑んだ。

「私、この近所の美容室に勤めているんですが」

するとと店主があぁ、という表情を見せて黒い胸当てエプロンのポケットから折りたたんだチラシを出す。

「ここ?」

「そうです、そうです。取っておいてくださったんですね」

「だってすごい割引じゃないですか。それにちょっと聞きたかったんですけど」

もの静かだった店主が、少しだけ興奮気味に声を上げた。

「なんでしょうか」

「このへアエステっていうのは、どういうものなんですか？」

「頭皮のマッサージと洗浄ですね」

「たとえばこの髪とかも？」

と店主が自分の頭に手をやる。かなり癖の強い天然パーマだ。

「ええ。きっと扱いやすくなると思いますよ」

そう伝えると、ホッとしたように顔を崩した。

「寝癖がすごくて、毎朝大変なんです。そっかへアエステ……」

「お名前伺ってもいいですか？」

「ぼく？　そろりって呼ばれていますけど」

「そろりさん。よかったら一度ご来店ください」

と、ちゃっかり宣伝までしてしまった。

「半個室っていうのもめずらしいなあ、と思って」

チラシにキャッチとして大きく書かれた文字をこちらに向けながらそろりさんがいう。

「いまは安心して過ごしてもらうのが一番ですからね」

彩花は庭の奥に建つ店をチラリと見て尋ねる。

「カフェもいろいろ大変ですか？　こうやって換気を考慮した客席とか、おひとりさま専用とか」

「まあ、うちはもともとそんなにお客さんも多くないですから。ただ、こうしたほうが喜ぶ方もいるようで、それなりには」

「そうですか。美容室はどうしても距離が近くなってしまうので、いろいろと対策を取っているんですけど、お客さんは自由ですからね。癒やしと感染対策の両立で疲れ果てちゃいました」

彩花が苦笑する。

「ほら、そこを見て」

そろりさんが地面を指さす。落ち葉が一面に敷き詰められているだけだ。

「落ち葉、ですよね」

「もっとよく見て」

植物採集をしている研究者のような表情で、そろりさんが落ち葉に近寄る。虫眼鏡でも持ってきかねない。

彩花も、そろりさんの真似をしながら目を凝らしていると、落ち葉の間から小さな傘のあるキノコが顔を出していた。

「あ、キノコ！」

「そう」

よくできました、と褒められた小学生の気分になり、心が浮き立った。

「かわいい。しめじの仲間でしょうかね」

左右に体を移動させながら観察していると、そろりさんがおもむろに立ち上がった。腰に左手を当て、右手の人差し指を真っ直ぐにのばして、キノコを指さす。

「おそらく、ですけど」

「はい？」

それから少しの間があった。そろりさんの深い呼吸が聞こえたかと思うと、意を決したかのようにはっきりとひとこと、

「毒キノコです」

といった。何かの宣告をするかのようなきっぱりとした物言いだ。

「え、これが！」

彩花はたじろいだ。童話の中の毒キノコは真っ赤な傘に白い水玉模様のいかにも悪そうな風貌だ。にもかかわらず、ここに生えているのは、しめじと見まごうほどのごく普通の地味なキノコだ。

「わからないものですね」

「あなたの食べているそれも」

と、そろりさんがいたずらっ子のような目で、皿のタルトを見る。

「まさかあ」

彩花は笑う。これは紛れもなく美味しいマッシュルームだ。

「キノコには栄養もあるけれど毒もあるんです。あなたもいい顔ばっかりしていないで、たまには毒を吐いてみるってのはどうですか?」

「毒を?」

「そうそう。もう毒キノコを口にしちゃったんですから。さあ」

彩花はしばらく口をつぐんでいたが、お腹の奥でキノコが悪い顔をして踊っているのが見える気がして、おもむろに口を開いた。

「だいたい……」

「どうぞ、続けて」

そろりさんに促される。

「だいたいさ、コーヒーはサービスだっての。マスクが汚れるのが嫌なら替えを持ってこいって。ケミカルな薬剤は困るっていったくせに文句ばっかりいうなー。期限切れのクーポン持ってこないでよ。それからこっちが気を遣っているのに、店のものを平気で触らないで。ふざけんなー」

一気にまくしたててしまった。

「うん、いい調子じゃないですか」

そろりさんがくすりと笑う。

「毒だってたまには薬になるのです」

胸のつかえが取れたのか、なんだか清々しい気分になる。

「そうそう。そのカゴなんですけど」

拾った木の実を入れたカゴが、落ち葉の絨毯の上に置かれたままになっていた。

「これって白樺《しらかば》の樹皮でできているんですよ」

「そうなんですか」

平べったくて薄い木で編み込まれた、素朴なカゴだ。キャラメルのような色が、落ち葉に馴染《なじ》んでいる。

「白樺の樹液って民間薬にもなるんですよ。ほら、キシリトールって聞いたことありませんか？」

「虫歯予防の、ですか？」

ガムのテレビCMで確か北欧のどこかの国が発祥だったと、いっていた。

「そう。あれも白樺の樹液からできているんですよ」

「これが薬に？」

避暑地などの映像で見かける白樺は、凛《りん》とした印象で涼しげに生えているイメージだ。どちらかというと、毒にも薬にもならない穏やかな植物だと思っていた。ぱっと見やイメージではわからないものだな、と思いを巡らせている彩花に、そろりさんの低い声が届いた。

「あなたの存在がもしかしたら誰かを救っているかもしれない、って考えたことはないですか？」

「私が？」

どうだろうか。

彩花は最近の自分を顧みる。こちらの権利を押しつけてばかりいた。それは本当に客のことを思ってのことだったろうか。沢井さんのカラーの相談も、もっと親身になって聞いてあげれば違う結果になったのかもしれない。どこかで「どうせ一見さんだし」という意識がなかっただろうか。癒やしを求めてきてくれるお客さんの気持ちに真摯《しんし》に応えていただろうか。

「あなたにはこれを渡そうと思ったんだけど」

大きなマスクの上で目をいたずらっぽく細めながら、そろりさんが割り箸と輪ゴムをポケットから出した。

「割り箸、ですか？」

「これをこうやって……」

するとちょうど非接触の体温計みたいな形のおもちゃのピストルが出来あがった。

「心に弓を、です。嫌なことがあったら、これでピュンとね」

楽しげに、輪ゴムを落ち葉の中に飛ばした。

「でも必要なさそうですね。すっかり解毒しちゃってますから」

「なんだかお恥ずかしいところを、すみません」

いまさらながら照れくさくなり、テーブルの木の実をポケットに移しながらぎゅっと握りしめた。

――手のひらに森を、そして心に弓矢を。

＊

ひゅーと吹いた風が、地面の落ち葉を舞い上がらせています。

「さぶっ」

そろりは両腕で体を抱え込むようにして、喫茶ドードーの店内に戻ってきました。

「そろそろココアの準備をしなきゃな。それに煮込み用の鍋はどこにあったかな」

そういえば前の冬にも大きな鍋でシチューや焼きリンゴを作っていましたっけ。

パントリーの扉を開けると、中からたくさんのモノが崩れ落ちてきました。どうやらこれまでそろりが衝動買いしてしまったものたちのようです。

この中からご所望の鍋を探し出すのは、なかなか大変そうです。本格的な冬が訪れる前に間に合うといいのですが。

*

「思い切りますねー。でもショート、お似合いになると思います」

彩花は客のスマホを肩越しに見ながらいう。画面には彼女が希望するヘアスタイルの画像が並んでいる。

「なんかスカッとしたくて」

と笑うお客さんは、夏頃から通ってきてくれている緒川さんだ。駅ビルの雑貨店で働いていると前に話してくれていた。

「お仕事、大変なんですか？」

「ま、いろいろありますけどね。でも好きなことやっているんで文句はいえないですね」

「素敵！」

手を叩きたくなるが、あいにくカット中だ。

「今日はヘアエステもお願いしちゃおうかな。時間は大丈夫かしら」

「ぜひぜひ」

こうした突発的なリクエストにも応えられるように、予約時間には幅を持たせるようにした。心の余裕が生まれるようになって、ひとつひとつの施術が丁寧にできるようになった気がする。

「エステの資格取られたんでしょ。お店のＳＮＳに載っていたから」

「スタッフのみんなで研修を受けたんですよ。オンラインで受講できたので楽でしたね」

「でもエラいですよ。ちゃんと学び続けて」

　スタッフ全員が資格を取得したのが評判になり、最近はヘアエステの予約も多くなった。サロンで使っている道具の紹介やメニューの説明に、ＳＮＳを利用するようになって興味を持ってもらえたのか、若い世代の来店も少しずつ増えてきた。

「私ね、コロナ禍になってよかったことは、この美容室に出会えたことなんですよ」

　タブレットをいじっていた緒川さんがそんなことを口にした。

「え？」

　意外な言葉に聞き違いかと思ったくらいだ。

「人との接触を避けたくて、美容室にも行けなくて困っていたときに偶然ここを見つけて。安心して通えるって思えたら、楽になったんです。それに谷さんにカットしてもらうと、扱いやすくて」

　鏡越しの緒川さんと目が合う。

　自分の存在が誰かの癒やしになる……。もしそうだったら嬉しいし、そんな美容師でありたい。

でも、時には心の弓をひこう。いつも笑顔でいられるために。

「カラーで少し汚れますが、交換用のマスクをご用意していますからご安心くださいね」

そう伝えて、紙コップに入ったコーヒーを渡した。カップには蓋が付いている。きっと安心して飲んでもらえるだろう。

「あの絵本、読ませていただいてもいいですか？」

緒川さんの鏡に本棚が映っている。店内の本にはビニールカバーをつけた。こうしておけばアルコールでさっと拭いて消毒できる。

「もちろんです」

彩花は書棚から本を取り出そうと背伸びをした。

ポケットの中で木の実がコロンと音を立てた。

第五話

幸せになる焼きリンゴ

「幸せの国」と呼ばれている国がある。中国の南、インドにも接しているブータン王国だ。

いったいどんな国なんだろうか、とぼくは地球儀をくるりと回してみる。

小さな国土の七十パーセントは森林などの自然だ。統計を見てみると、一キロ平方メートルあたりの人口密度は約二十人。ならばゆったりと暮らしていけるだろう。三百五十人もいる日本とは大違いだ。

そんな自然が身近なことも幸せに関与しているのかもしれないな、そう思いながらもう少し調べを深めてみると、GNHという耳慣れない指標にぶつかった。

GDPとは国内総生産のこと。経済の指標だ。この値が高いと豊かな国だ、と考えられている。

一方、GNHとは「国民総幸福量」。いくつかの指標から、その国の人々がどれだけ幸せかを測るものだという。ブータンでは、GDPよりもこのGNH、つまり経済的な豊かさよりも精神的な豊かさに重きを置くという政策を五十年近くも前から推進しているのだそうだ。

国民それぞれが幸せなら、国家も幸せになる、という考え方だ。

でも幸せって何かで測れるものなのだろうか。


ぼくは、そんなことをずっと考えながら、「喫茶ドードー」への道のりを進めていた。自転車のハンドルを握る手には厚い手袋をしているが、それでも感覚が鈍るほどに寒い。ニットキャップを耳の下までしっかりおろし、ふたたびペダルを踏み込んだ。吐く息が真っ白で、それを見ているだけで冷え冷えとしてきてしまうのに、なんだか楽しい気持ちになる。

——もしかしたら、ぼくにとってはこんなことも「幸せ」なのかもしれない。


店に着くと、早速メニューの準備に取りかかる。

ぽってりとした木の持ち手のついたホーローのミルクパンにココアの粉を入れる。スプーンに山盛りで一杯、二杯、三杯……。多すぎかな？　いやいいだろう。都合四杯のココアの粉を入れ、火にかけた。木べらをゆっくり動かして、静かに煎っていくと、甘い香りが店内に漂ってきた。

火を弱め、それからミルクを加える。

「すこーしずつ、ゆーっくり」

歌うようなリズムをつけて、ミルクを入れては木べらで混ぜ、と繰り返す。チョコレート色が付いたようななんだかまったりとした湯気が立ちのぼった。

――これは「幸せ」と呼べるだろう。

さて準備は整った。そろそろお客さんを迎えるとするか。

＊

「睦子《むつこ》さん、こっちにいるのが今年の春に入社した砂川《すながわ》です。ご挨拶まだでしたよね」

三分割されたパソコン画面の中で、赤っぽい細い縁の眼鏡をかけた鈴下《すずした》さんが快活に発言している。

世の中ががらりと変わってからまもなく一年が経つ。いくつかの上下動を繰り返し、いまは第三波が来ている、と毎日のようにニュースが伝えている。

テレワークが本格化したのは、最初の緊急事態宣言が発令されていた二〇二〇年の五月頃からだ。

磯貝《いそがい》睦子も仕事相手と、こうしてオンラインで「会う」ことが増えた。最初の頃は、お互いの音声が途切れたり、画面共有に苦戦したりもしたが、慣れてしまえばかえって気が楽で、わざわざ出向いたりする時間はなんだったのだろう、と首を傾げたくなる。

七十歳を間近に控えたいまになって、まさかこんな世になるとは想像もしていなかったが、こうした新しいことにも臆《おく》せず対応していきたい、と睦子は思う。

鈴下さんに紹介された女性は、その左隣の画面で、マスクの下の口元もきっと口角が上がっているだろう、とわかるような上品な笑みをたたえている。長い前髪は斜めに流し、淡いブルーのブラウスの襟にサイドの髪がわずかに触れていた。画面越しにも肌のきめの細かさがわかる。目鼻立ちがくっきりしているのは、オンラインでも印象をよくするためにアイラインを強めに入れているせいだけではなさそうだ。

「はじめまして。今回は私が担当させていただくことになりました」

「ぼくもフォローに回るので、何かあったらいってくださいね」

と、右の画面の鈴下さんが続いた。

睦子がテキスタイルデザイナーとして独立して間もない頃からお世話になっている会社だ。かれこれ三十年以上の付き合いだ。もちろん常に仕事が続いているわけではないので、年に数度、あるいは数年に一度ということもある。担当者はその都度変わり、一度限りの場合も多い。どうやら定着率が悪く、何年か勤めるとすぐに辞めていってしまうらしい。外からはわからないけれど、それなりに大変な職場なのかもしれない。

そんな中でも、鈴下さんとは何度も一緒に仕事をしてきた。新卒入社でいまは十年目くらいだろうか。男性ながらターゲット層の女性に訴えかけるセンスもあり、指示も的確。とても仕事のしやすい相手だ。

「睦子さんのキッズシリーズ、大好評ですよ」

ここ数年、手がけている子供用のアパレルのことだ。特にレインコートや傘などは、毎年新作を楽しみにしてくれている人も多いと聞く。自分のライフワークと呼んでもいい、と睦子は思っている。

「私もムッコイソガイのバッグ、愛用しているんですよ」

砂川さんが画面の前にネイビーにピンクの濃淡の水玉模様の入ったトートバッグを出す。

「え、そうなの？　ちょっと聞いてないんだけどー」

鈴下さんが悔しそうにいうのが可笑しくて、画面の中で三人の笑い声が重なった。

「さすが色の魔術師。今回もどんな色展開になるのか、楽しみにしています。どうぞよろしくお願いします」

魔術師、なんて鈴下さんにおだてられて、くすぐったいが、もちろん悪い気はしない。

三十歳で独立してから、気づけばもうすぐ四十年だ。

「おまかせください」

そんなことをすんなりといえるような立場にいつの間にかなっていた。

いまはデジタルツールを使って作品を作る人が大半だろう。しかし睦子は修業時代からやってきたアナログなやり方を続けている。便利ではあるけれど、パソコン上で描いた線は、たとえペンツールを使ったとしても、どこか殺風景に見えるのだ。手作業でしか出せない深みが抜け落ちるように感じる。だから制作ではこのスタイルを頑なに守っている。

使いこんだテーブルでスケッチブックを開くと、途端にそこはムツコイソガイのアトリエと化す。さっきまで朝食をとっていた同じダイニングとはとても思えない。窓からは冬の明るい日が差し込んでいる。自然光の入る午前中は、いまの睦子が最も仕事に集中できる時間帯だ。

パレットに透明水彩絵の具を絞り出す。水を蓄えた絵筆で、色を混ぜていく。

「色の魔術師……か」

打ち合わせで鈴下さんにいわれた言葉を思い出す。背中の壁沿いに置かれた年季の入ったガラスケースには、睦子がこれまで手がけてきた作品が並んでいる。文房具、バッグ、タオル、食器。洋服や傘。そのどれもに鮮やかな色のモチーフがちりばめられている。よく見ると動物柄だったり、花模様だったりするのだが、全体で見ると幾何学的に見えるように気を配っている。柄の個性が強すぎると普段使いしづらいし、使う人を選んでしまうからだ。その分、色の配合でポップさや華やかさを表現する。

今回の依頼は、来期のレイングッズの展開だ。定番のコートや傘に加え、今回はレインスカートを新発売するという。形や材質は既に決定しているので、そこにプリントされるテキスタイル、つまり柄をデザインするのが睦子の仕事だ。

手を動かしているうちに、パレットの上に、淡いパープルが出現した。真っ白のスケッチブックに置いてみると、濃淡をつけて広がってにじんだ。

若い頃は徹夜も厭わなかった。完全な夜型で、深夜になればなるほど元気になっていく体質だった。それを変えたのはある出会いからだった。

目の疲れを意識するようになったのは、六十代に差し掛かった頃からだ。もともと目はそれほどいいほうではなく、とはいえ、映画館で字幕を見るときに眼鏡が必要な程度で、日常生活は裸眼でも問題なかった。仕事も近距離での作業がほとんどなので、不自由はなかった。

近視は老眼になるスピードが遅い、といわれている。単に、目が悪い状態に慣れてしまっているせいで気づきにくいともいえる。いずれにせよ、中途半端に近視だった睦子は、幸いにも老眼鏡のお世話になる必要もない。ただ、仕事が長時間にわたったり、スマートフォンを長く見ていたりすると、頭痛がするほどに目が重くなる。ドライアイや眼精疲労向けと書かれた目薬を手放せない。そうやってこの十年ほどはなんとかしのいで過ごしてきた。

ところが締め切りを間近に控えたある日のことだった。アナログで作業する睦子だが、納品の際には作品をスキャンしてデータ化する。実際に商品となるまでには、印刷用にデータを作成し、その後いくつかの工程を踏むのだが、そこは睦子の範疇ではない。ただ、デザイン案の完成までは、企業側の担当者とPDFでやりとりをしていく必要があり、そのためのデータ化は睦子の仕事なのだ。

化粧ポーチになるテキスタイルを詰めているところだった。デザインは決定し、あとは色案をいくつか提出することになっていた。睦子はグリーンを主体とした案を中心にパソコン上で色味を調整してから、外がそろそろ明るくなる時間になって、ようやくベッドに入ることができた。

愕然としたのは、仮眠から目覚め、最終チェックをして担当者にデータを送付しようとパソコンを開いたときだ。

「え？」

夜に見たときは、青みがかったグリーンが爽やかな森のようなイメージだったのに、改めて見ると、くすみが強くて垢抜けていない。イエローの色調が強すぎるのだ。

睦子は目をこすった。パソコン画面がかすんだ。

いまはこれでもなんとかなるかもしれない。でもこの先、色の判断が出来なくなってしまったら、この仕事はもう続けることができない。自分の仕事に限界が近づいていることに、困惑した。

改めて色調整を終え、なんとかデータを送り、先方からもおおむねＯＫを貰ったその午後、睦子はカラに近い冷蔵庫を満たすべく、商店街に向かった。

「ブルーベリーって意外と高いのね」

目にいいといわれる食材が気になる。フレッシュなブルーベリーのパックを棚に戻し、デザートコーナーでベリー入りのヨーグルトを手に取る。横の冷凍コーナーに目をやると、フリーザーの中に袋入りのフルーツがあった。しばらく考えてからカゴに入れた。

天気のいい日だった。スーパーの外の空気はキーンと冷えていたけれど、清々しいような気持ちよさがある。東京の冬の空は、透き通るように青い。帰り道に立ち止まって、ビルの向こうを見る。

「遠くを見るといいのよね」

子どもの頃に母にいわれたことを思い出す。近くばかりを見て疲れた目を、離れた場所に向けると、疲れが緩和されるという。睦子は空の先を見て、深く息を吐いた。

ぐるりと遠くの風景を眺めていた視線が止まった。

――あんなところに木がうっそうと茂ったところがあるじゃないの。

建物だらけの中に取り残されたような緑の空間を見つけたのだ。

「自然の中にいれば休まるかしら」

睦子は緑のほうに足を向けた。

賑やかな商店街を一本入っただけなのに、空気が違うように感じる。少し進んだところに、その場所はあった。

〈おひとりさま専用カフェ　喫茶ドードー〉

茂みの中に小さな看板が出ていた。

「カフェなのね」

看板に書かれた矢印の方向を見ると、細い路地があらわれ、どうやら店はそこを入ったところにあるようだ。茂みは路地の先まで続いていた。

「コーヒー、サンドイッチ……」

看板に書かれていたメニューを読み上げていた睦子は、あるメニューに驚き口をつぐむ。

意を決して、路地を入っていった。

＊

「ああ、ちょうどよかった」

睦子が歩いていくと、路地の先からホッとしたような声が聞こえた。

長身の若い男性が、木に囲まれた空間にテーブルをセッティングしながら、こちらを見ている。もこもこのダウンを羽織って、ニットキャップは耳の下まできっちり覆っている。こんな寒い日だというのにオープンエアの客席を用意しているようだ。

「やってますか？」

「たったいま準備を終えたところです」

それで「ちょうどよかった」わけか。開店直後だったのだろうか。

「お店、何時オープンなんですか？」

しかし男性は睦子の問いには答えず、

「いま何時ですか？」

と聞き返す。聞かれるがままに腕時計に目を落とす。

愛用のシルバーの腕時計は父の形見だ。スマホで全てが事足りる。でも睦子はスマホを持ち歩く習慣がない。なんだかデジタル機器に全て支配されてしまっているような気がして落ち着かないからだ。

「午後一時を少しまわったところですね」

睦子が答えると、

「じゃあ、その時間が開店時間」

とその男性は腰に手をやった。いったいどういう営業時間なんだろう。睦子が不思議に思っていると、

「定番メニューを頼むんだったら、中で」

と奥に建つ古い一軒家をさす。そこが店舗のようだ。

「でも今日のスペシャルメニューだったら」

という男性の言葉をさえぎるように、

「ええ、そのスペシャルをお願いしたくて」

睦子が前のめりになって答えた。

「では、こっちの席でどうぞ」

並べていたテーブルの椅子をひいた。少し寒いけれど、多分、外でしか出せないメニューなんだろう、睦子はそう思いながら待った。

「お待たせしました。〈目に効く〉ココアです」

そう。看板にはスペシャルメニューとして、そんな言葉が書かれていたのだ。〈目に効く〉と。

目にいい、とされるポリフェノールが豊富に含まれているのは、ブルーベリーだけではない。ココアもその代表格だと教えてくれる。

「なるほど。それで目に効く、なのね」

それに関しては納得だ。でもどう見てもごく普通のココアだ。わざわざ外で飲む必要があるのだろうか。店内の清掃が間に合っていないのかもしれない。

「ごゆっくり」

店内に戻ろうとする男性にさりげなく声をかける。

「ねえ、店主さんかしら？」

「はい。そろりって呼ばれています」

「そろりさん、中はまだ入れないの？」

「このスペシャルメニューは外で飲んでこそ、なんです。ご説明が遅れました」

足を止めたそろりさんが、そう前置きしてからわけを話す。

どうやら太陽の光に含まれるバイオレットライトには近視の進行を抑制する効果があるらしい、という最近の研究調査の話を聞いたのだという。それならば、外で過ごしてもらえれば、疲れ目にいいんじゃないかと考えたそうだ。スマホやパソコン画面の見すぎで目が疲れている、と悩むお客さんに配慮したという。

だから通常は夕方からの営業なのに、このメニューを出すためにわざわざ昼間にオープンしたのだそうだ。

「今日はお天気もよかったのでね」

誇らしげにえへんと咳払いする。

「ちなみに太陽光は鬱々《うつうつ》とした気持ちを晴らす効果もあるようですから、こんな寒い日も機嫌よく過ごせるんじゃないか、ってね」

「あら、それは願ったり叶ったりよ」

手を叩きたくなる。まさにいまの自分にぴったりのセレクトだった、と嬉しくなった睦子は、これまでの自分のことをしゃべりたくなった。

美術系の短大を卒業し、主に雑誌のレイアウトをするデザイン事務所に入社した。当時はいまのようにパソコンでデザインするＤＴＰなどない時代だ。数年は事務所の先輩のアシスタントとして、暗室にこもって、アタリといって写真の輪郭《りんかく》を抽出する作業をひたすらやったり、印刷所に書体や色を指示する用紙に深夜までかかりっきりになったりした。デザインを任されるようになると、レイアウトだけでなく、要望に応えて、誌面に添える小さなイラストを描くこともあった。それが思いのほか好評で、自分でも絵を描くことを仕事にしたいと思うようになった。

そしてアパレルのデザイン部に転職し、作画をモチーフにデザインしていくテキスタイルの技術を習得し、独立した。

駆け出しの頃は無我夢中だった。それこそ心血注いで働いてきた。フリーランスは、仕事を一度断ると、二度と来ない、と先に独立した先輩からいわれてきた。自分に来た仕事は、キャパシティーを超えていると感じてもがむしゃらにこなしてきた。

二十代の半ばになると、友人が次々と結婚して家庭に入っていった。当時はいまのように産休や育休の制度も整っていなかった。結婚後や出産後に女性が第一線で働くことは珍しかった。取引先の中には、先進的な会社もあり、出産後に復帰する女性もいたが、復帰後はみな、主戦場からは離れていった。

——立ち止まるわけにはいかない。

そうした人たちを横目で見ながら、睦子は走り続けてきた。でもいまはそれにも限界を感じ始めている。

丸眼鏡をかけた店主の髪はもじゃもじゃで、ひょろっと背が高い。無愛想なくせに意外と面倒見はよさそうで、そんな睦子の話をふむふむと相づちを打ちながら聞いている。大きすぎるマスクの上で、曇《くも》りを防ぐためか、時折、眼鏡の蔓《つる》を動かした。

「ココアって、どうやって作られるか知っていますか？」

白い息と湯気が混じりあっていく、睦子の両手の中のマグカップを眺めながら、店主のそろりさんがのんびりと尋ねてくる。

「原料はカカオマスじゃない？」

「カカオマスって？」

なんとなくの常識として頭にあっただけに、突っ込まれると不安になる。

「カカオのことかしら」

「カカオの木から収穫されたのがカカオポッド。カカオポッドから果肉を取り除くとカカオ豆だけになります。それを発酵させて乾燥させる。ローストしてすり潰し、ようやくココアの原料のカカオマスになるのです。つまり一つのカカオからはほんの少ししかココアは作られない。とっても貴重なんですよ」

それだけいって、また小屋のほうに足を向けた。

「貴重だからしっかり味わって、っていいたかったのかしらね。なんだかユニークなお店」

と睦子は可笑しくなって、太陽の光を浴びながら、ココアをゆっくり飲んだ。寒いはずなのに、心がポッとあったかくなった。

「こんなふうにゆっくり過ごす時間なんて、なかったな」

それこそカカオからほんの少ししか採れないカカオマスのように、忙しい時間の中から絞り出されたような貴重な時間にも感じられた。

日の光を浴びながら仕事をしてみよう。この冬のはじめに朝型に変えたのには、こんないきさつがあったのだ。

＊

新作のレインスカートのテキスタイル案を四案、それぞれに色を変えたものも含め、合わせて七パターンのデザインを提出したのは、依頼された期限よりも二日ほど前だった。

スケジュールの期限ギリギリまでかかっていた駆け出しの頃と比べ、余裕を持って提出するようになったのは、キャリアを重ねて、時間をかけなくてもデザインを完成に導けるようになったからだけではない。スケジュールに余裕があったほうが、あとあとのトラブルにも安心して対応できる、と学んだからだ。焦って作ったものよりも、結果的にいいものができる、経験値からそれを知っている。

〈デザイン案、ありがとうございます。早めにいただけ、とても助かります。早速社内で検討してご連絡します。取り急ぎ拝受のお礼まで〉

この会社の社員は、みなそろって高学歴だ。その上、最近の若者は新人とは思えないくらいにそつがない。砂川さんからのこうした返信メールも、きっちりしているのに柔らかい。でも睦子は少しだけ物足りなく感じる。どことなく「心」が足りない気がするのだ。

――そんなことを思うこと自体が、もう古い人間の考え方なのかもしれない。

いまは無駄のないことが大切なのだ。滞りなく円滑にことが運ぶこと、そのためには余計な見解や独自の視点など不要なのだ。睦子は皺の増えた手の甲に目を落とし、ハンドクリームを取りに席を立った。

砂川さんからデザイン案の件で打ち合わせをしたい、とメールが来たのは翌日のことだった。

〈よろしければオンラインでいかがでしょう〉

決められた時間に会議用のアプリを開くと、すでに画面上ににこやかな顔が待っていた。

「先日はデザインをありがとうございました」

わざわざ打ち合わせをしたい、というのだ。修正の依頼であることは間違いない。睦子は身構える。

「いかがでしたか?」

「ええ。どれもいいんですが、できましたらもう二、三案、追加でお願いできないかと思ってご相談なんです」

二、三案……。簡単に口にする。デザインが頭からするすると出てくるとでも勘違いしているのだろうか。提出した四案に行き着くまでには、数え切れないほどのデザインを繰り返し、ようやく四つに絞ったことを、クライアント側は知らない。もちろんそんな舞台裏を話すつもりもないけれど。

睦子はまたか、と思いながらも先を続ける。

「どんな感じのがご希望ですか？　お渡しした案のうちのどれを、こんな風に、などと具体的におっしゃっていただけると助かるのですが」

「そうですね。どれといいますか……」

砂川さんが言葉を濁す。

「もう少しジェンダーレスに寄ってみては、という意見が社内であって」

睦子は鼻先で笑いそうになったのを抑える。最近はやたらとジェンダー、ジェンダーといえば誰もが納得すると思っている。男の子らしく、女の子らしく、はNGワードなのだ。

「でもさすがにレインスカートは女児向けじゃない？」

ぱっと見は水玉模様だけれど、近くでよく見ると小花のモチーフになっているデザインに、パープルに近いピンクのグラデーションをつけたA案は睦子の一押しだった。

「ですが、いまは制服でも男子生徒がスカートを選んだりできるように配慮していますし」

何を極端な話をしているのだろう。

「C案とかでしたら、どっちでもアリじゃないですか？」

睦子は話を進める。鳥の顔をモチーフにしたC案は、曲線だけを使っていて、動物柄でも柔らかな印象だ。

「うーん。鳥は好き嫌いが分かれるんですよね」

そんなことをいい出したらどれも同じだ。誰もが好きなデザインを追求した結果、没個性を目指すのであれば、私なんかに依頼しないでほしい。もっと大衆的なものを作れる人は他にたくさんいるじゃないか。

「ちなみにB案は山ですよね」

砂川さんが、木や葉をつなげて山の形を作った案のプリントアウトを手に持つ。

「ええ。そうですね」

「登山用のスカートに間違われると危険だなって。あくまでタウンユースの仕様なので、山で使われて事故につながったりするリスクは避けたいんです」

「え？　このモチーフで登山用って思う？　それは考えすぎじゃないですか？」

「でもあらゆるリスクはなるべく排除しておきたいんです。なので、例えばですが町並みやビルとか、空の絵とかどうかな、って考えたんです。朝昼晩を色で変えて並べたら、面白くないですか？」

面白く……ない。睦子はぞっとするような気持ちとともに、バカバカしくなってくる。

「色味も全体的に明度を上げていただくとかでご対応いただけないでしょうか」

中途半端な専門用語を使われて苛《いら》ついた。素人に何がわかるというのだ。こっちはキャリアがあなたの何倍もあるプロフェッショナルなのだ。

「明度？　彩度のことをおっしゃっているのかしら？　それに印刷すると色の再現性は低くなるから、それを見越していく必要もあるのよね」

わざと難しいことを口にしてみる。

「ごめん。砂川さんじゃわからないかもね。いま、会社かしら？　でしたら申し訳ないけど、鈴下さんはいらっしゃらない？」

あの人ならセンスがいい。こんな新人の戯言《たわごと》に付き合っていられない。そう思っていると、画面にぬっと別の顔が登場した。鈴下さんだ。

「睦子さん、いろいろとすみません。ぼくも隣で聞いていたんですよ。今回は砂川が直接の担当なので、ぼくは画面に出ないようにしていたんですけど」

つまり鈴下さん了承の上でのやりとりだったのだ。睦子は体から力が抜けて、しぼんだ風船のようになっていくのを感じる。

「いま、ちょっとしたことでもネットで炎上しちゃうじゃないですか。ですからジェンダーやリスクに関しては気をつけようか、ってことになって。本当、睦子さんには何案も考えていただいたのに、申し訳ないです。もうちょっとだけお付き合いいただけますか？」

いったんしぼんだ風船は膨らまない。でも鈴下さんの口調には、ほんのわずかながら「心」がある。それに免じて「了解です。じゃあ、別の案をいくつか考えてみますね」と口にして、会議は終了した。

こんなことはいまに始まったことではない。帳尻を合わすのはデザイナーの仕事。これまで何度も何度もやってきたことだ。でも今日はいつまでも気分がすぐれずにいた。

「カカオからはほんの少ししかココアは作られない」

この間訪れたカフェの店主がいっていたことを思い出す。

——私のカカオは、もう全部使いきっちゃったのだろうか。

ないカカオからどうやって絞り出せばいいのか。睦子はスケッチブックを開いた。もうすっかり日が落ちていた。明日までに別案を作らなくてはならない。朝を待つわけにはいかない。結局、夜に仕事をするしかない。頭を抱えたら、やりきれなくてため息が漏れた。

その後も何度かのやりとりを重ね、なんとか睦子の手から離れたときには、最初のデザインの提出から半月ほどの時間が経っていた。最終的には、四角形の幾何学模様に、ペパーミントグリーンをメインにしたものに落ち着いた。図形の線をラフに手描きしたおかげで、やわらかな印象は保たれた。

〈さすがムツコイソガイ。社内でも人気ですよ〉

いつの間にか担当は砂川さんから鈴下さんに変わっていた。砂川さんに会うことはもうないだろう。しばらくしたら会社を辞めてしまうような気がする。聞いてはいないが、もしかしたら既に退社している可能性だってある。

どんなにいい大学だって、相手の気持ちを慮る方法を教えてはくれない。それは社会に出て、失敗を重ねつつ学んでいくことだ。

それでも睦子は納品の際にメールに記した。

〈このたびはいろいろとご迷惑をおかけしました。おかげで私自身も納得のいくものが完成しました〉

こうやって弱さも出して謝れるようになったのはいつからだろうか。謝るのは負けだ、と思っていた頃よりはずっと生きやすくなった。才能なんてたいしてないくせに、この年までなんとかやってこられたのは、誠実に向かい合ってきたからだ。

「老害」という言葉が頭をかすめる。潮時だろうか。それにもう忙しいことを自慢するような生き方から離れてもいいのではないか。会社に勤めていれば、とっくに定年を迎え、第二、第三の人生を送っている年齢だ。

これまで仕事ひとすじでやってきた睦子は、どこに向かうべきなのか、途方に暮れる。

太陽の下で飲んだココアを思い出す。のんびりとした何もしないだけの時間。

仕事を思い切って手放したら、そんな贅沢な時間を持てるのだろうか。

*

あの頃のぼくは、まるで砂漠化した牧草地だった。

樹木を伐採されると、水が供給されなくなる。その結果、森林がなくなっていく。

ある日突然、自分自身が干からびていくような恐怖に襲われ、会社に行けなくなった。

立ち止まろう、そう思った。

いきなり真っ白な時間が手に入った。あんなに望んでいた暇な時間なのに、何をどう使っていいのかわからなかった。無為に時だけが過ぎていく。疲れや悩みはなくなるどころか、余った時の分だけ積もっていった。

*

かつての自分を思い出していた。

たっぷりのココアが入ったマグカップの中で白いマシュマロがぷかぷかと浮いている。

それをスプーンで溶かしながら、湯気をかきわけ口に運ぶ。

「甘いは幸せの同義語である」

少なくともいまのぼくにとってはそうなのだ。しばらくして、マグカップをテーブルの上に置いた。コトリとかわいらしい音を立てた。

日が暮れるのが早くなった。店内のキャンドルに火を点けていく。

冬が長い北欧では、リビングだけでなく、学校の教室や会社の会議室にもキャンドルを灯すんだそうだ。厳しい冬をできるだけおだやかに過ごすために。生きていくためのすべだ。

北欧諸国も「幸せな国」と呼ばれる常連だ。その中でも、心地よいを意味する「ヒュッゲ」という言葉で有名なデンマークに思いを馳せる。

デンマーク人に幸せだと感じる人が多いのは、政治や社会を信頼できるからだ、といわれている。医療や教育が無償だったりと社会福祉が手厚いことで、安心して暮らせるのが大きいのだろう。

それに彼らは平等や調和を大切にするといわれている。「自分」よりも「自分たち」、そんな意識が強い。環境への関心も強く、サステイナブルな暮らし方に重点を置いているのも、心地よさに繋がっているようだ。自転車を愛用しているデンマーク人が多いのも、二酸化炭素の排出量を削減する観点からだという。

資料を紐解きながらぼくは、自転車に乗っていたときに得た多幸感を思い起こす。

キッチンのコンロに、黒い鉄の鍋を置く。「ダッチオーブン」というアウトドア用の鍋だ。

「牛肉、にんじん、じゃがいもを炒め、水を入れて、赤ワインとハーブ。あとは煮込んでデミグラスソースで仕上げるんだ」

レシピを口ずさみながら、材料を揃えていく。

ぼくはなぜだかふと、先日訪れココアを注文してくれた女性が食べに来てくれるような気がして、あれこれ考えながら、メニュー名を紙に書いた。

*

〈目に効くスペシャルメニュー〉が〈めにきくスペシャルメニュー〉に変わっていた。

「ひらがな？　今日はお子様メニューなのかしらね」

睦子は看板の前で頭を捻る。

付近の樹木があたかも森のようで、その木々の間から、のぼったばかりの三日月が顔を覗かせていた。

「そういえば、本来は夕方に開店するっていっていたわよね。太陽の下では飲めないのよね」

考えを巡らせながら、もう一度看板を見る。

……と、「め」の文字の前にさっきは見落としていた小さな文字がもうひとつ並んでいた。「ゆ」、だ。

〈ゆめにきくスペシャルメニュー〉。

「まあ、粋なことを考えるじゃないの」

睦子はもじゃもじゃ頭の店主を思い浮かべながら、暗い路地を入った。

三日月がそんな睦子を見守るようについていった。


「こんばんは」

水色のドアについた金色のノブをひく。

「いらっしゃいませ。ようこそ喫茶ドードーへ」

おっとりとした声に迎えられた。まるで睦子が来るのがわかっていたかのように、店主がにっこりと微笑む。確か「そろりさん」と名乗っていた。

「お待ちしていましたよ」

「私が来るのがわかったのかしら？」

睦子が驚くと、

「偶然ですよ。でも、なんとなく気配っていうか直感っていうか」

店をやっていると、そんなことがたまに起こるのだ、とそろりさんがいう。

ひとつの仕事を続けていると、人との関係の感度が研ぎ澄まされていくのはわからなくもない。睦子もクライアントに会った瞬間に「この仕事はうまくいく」と感じたり、その逆もしかり、だ。

「目はよくなりましたか?」

「そうね。昼間に仕事をするようになって、多少は楽になったわね。今日は〈ゆめにきく〉? 素敵なメニューね」

そういうとそろりさんがふふん、と鼻を鳴らした。

「食べていかれますか?」

「もちろん」

そう答えながらも、夢に効く、といわれても、睦子は自分のいまの夢は何なのだろうか、と考えていた。

店内はほの暗く、カウンターと五脚の椅子。あちらこちらでキャンドルの灯りが揺れていた。

ターコイズブルーのタイルが貼られたキッチンには、食器や調理器具が雑多に並べられている。コンパクトなキッチンの中を、黒い胸当てのエプロンを着けたそろりさんがゆったりと泳ぐように動いている。

「お待たせしました。〈ゆめにきくシチュー〉です」

本日のスペシャルメニューは牛肉と野菜のビーフシチューだ。カフェオレボウルをひとまわり大きくしたような底の丸い器にたっぷりと入っていて、睦子は嬉しくなった。

「わあ、美味しそう」

白い湯気だけでも、美味しさが伝わる。シチューに木のスプーンを入れる。一口大のロース肉はこんがりと焦げ目がついている。はふはふと息を吐きながらほお張ると、口の中でほろりと崩れた。じゃがいもやにんじんもよく煮込まれていて、野菜の甘みが伝わってくる。デミグラスソースにコクがあるのは、飴色《あめいろ》に炒めたタマネギが、味に深みを与えているためだろう。

熱々のシチューは心まで溶かしてくれそうだ。

「夢心地になりそうなのは確かだけど、それでこのメニュー名なの？」

返事のかわりに、

「あなたの夢は何ですか？」

と、眼鏡の奥の切れ長な目がこちらを向いた。

「実はいまそれを考えていたところなの。でも若い頃は野望もあったけど、いまはそんなのもないし。この仕事だっていつまで続けていられるか。こんな年になって自分探しも情けないわ」

睦子が無理に笑顔をつくると、目尻に涙が浮かんだ。

「放っておけばいいんじゃないですか？」

そろりさんの言葉にシチューを掬っていたスプーンをボウルに戻す。

「え？」

「そのシチューって、材料をいれてあとは放っておくだけで、美味しくなるんです。野菜も肉もくたくたに煮えて、旨みもじゅわっと染み出して」

「ええ。すっごく美味しい。お野菜もほくほく、お肉もほろほろ」

「ですよね。だから、焦る必要なんてないんですよ」

ゆったりとした話し方のせいか、いつもめまぐるしく動いている時間が、少し歩みを緩めたようにも感じる。

「でも私はもう年も年だし。じっくり待っているうちに何にも出来なくなっちゃうんじゃないかって。残された時間はあとどのくらいかしら、って逆算してみると、シチューが煮えるのを待つ余裕もないのよ、残念だけど」

「なくなることを心配していても仕方ない。それよりもいまあるものを生かして、やりたいことを思い描いたほうが、ずっといい。時間の無駄にだってならないんじゃないですか」

ないものを求めるのではなく、あるものを生かす……。

「あるものといってもね」

「あなたはこれまで同じ仕事をずっと続けてきた、っておっしゃっていたじゃないですか。カカオからはほんのわずかなココアしか作れない。小さな積み重ねのおかげで美味しいココアができるんだから」

睦子は思う。自分のカカオは使いきったのではなく、カカオマスとして積み重なっている。続けてきたことにはちゃんと意味があるのだろうか。もしそうなら、これまで走り続けてきたことも無駄ではなかったのかもしれない。

「一度も燃えたことのない森林は山火事にもろくなる」

そろりさんがシチューの鍋をかき混ぜながら、そんなことをいった。

「何かの諺かしら？」

首を横に振る。

「いんや。ただの事実。失敗や経験の積み重ねが、強さとなるんですよ」

そういってそろりさんが、二つの紙コップが凧糸でつながっているものを手渡してきた。

「ほら、あなたにはこれをしんぜよう」

「糸電話？　懐かしい」

「ぼくの手づくりです。なかなか上手に出来ていると思うのですが」

底に通した糸の結び目はいびつだけれど、それも味、だ。

「これでそろりさんとお話しするってことかしら?」

彼は首を左右に振る。

「あなたの心の声をそれで聞いてみてください」

ほら、と促され、ひとつを耳にあて、ひとつを自分の胸にあてる。たわんだ糸ごしに聞こえるはずもないのに、トクントクンと心臓の音が届くような気がした。それでようやく気づいた。

メニュー名は〈夢に効く〉じゃなくて〈夢に聞く〉だったんだな、と。

「シンプルでいいんです。好きか嫌いか。好きなら続ければいい。自分なりの歩み方を見つけて。簡単なことです」

睦子はいまの仕事が好きなのだろうか。ただ、スケッチブックを開いているときは楽しい、と思える。パレットで色を混ぜているときに気に入った配色が見つかったときはわくわくする。

ワークライフバランスといって、仕事と暮らしを区別するから息苦しいんだ。ワークとライフをほどよく混ぜること、それが「ライフワーク」ってことなのかもしれないな、と思った。

トクントクン。静かに心臓の音が響く。

答えはまだはっきりとは見えない。でもあえて引退を決める必要はない。暮らしと仕事がうまく混ざり合っていい色が出る、そんな瞬間を気長に待ってみようか、と。

＊

「幸せの国」ブータンの幸福量を測るための調査では、生活水準や健康、多様性はもちろんのこと、「時間の使い方」も判断の基準に含まれているのだそうだ。

——どうやって時間を使うかで幸せの質や量は変わってくるのか。

忙しすぎた頃は時間が足りなかった。有り余るほどの時間があったらあったで持て余していた。ぼくにとってほどよいと感じる時とは何なのだろう。それを見つけるのが、幸せのヒントになるのかもしれない。

キャンドルが寒さや暗さから逃げる手だてになるように。そんな自分なりの「灯り」を探していくことが。

＊

「そろりさんは、ここでずっとお店をやっているの？」

睦子が尋ねる。

「いや、ぼくもあなたと同じです。ここで幸せの修行をしている最中です」

「幸せも修行が必要なのね」

仕事と同じだ、と睦子は思った。努力しなくてはいいものが作れないように、修行なしには、幸せも手に入らないのだ。

「幸せって何なんでしょうね。ぼくはそれをずっと考えているんです」

そろりさんの問いに睦子は考える。幸せの基準はひとそれぞれだ。

「結局は、自分が幸せって思えるかどうか、じゃないかしら?」

そろりさんが小さくうなずく。

「幸せのハードルを下げれば、ほんのわずかなことでも満足できるんじゃないかってね。ぼくたちはもっともっと、って望みすぎているんじゃないかな」

くるりと背中を見せると、キッチンの脇の書棚から一冊の本を取り出した。

「この本を読んで、それに気づいたんです」

「『森の生活』?」

「ソローって人が書いたエッセイなんです。いまから百七十年近くも前に書かれたものなんですよ」

アメリカ人の作家が、都会を離れて約二年間、湖の近くの森で生活をしたその記録だという。自分で小屋を建て、食料を調達し、友を呼び、鳥や動物と戯れ、自然の中で暮らすうちに、本当に大切で必要なものに気づいていく。

「そんな昔にミニマリズムの考えを持つ人がいたのねえ」

「日本は開国前後の時代だけど、欧米じゃあ産業革命の最中で、効率化や機械化へと突き進んでいたときですから。それを疑問に思う人もいたんでしょうね」

この本との出会いをきっかけに、そろりさんは自分の生き方を見直してみようと、この森のカフェをはじめたんだそうだ。穏やかそうに見えるそろりさんにも、自分にはどうにも出来ない、身動きのとれない時期があったのだろう。

ちなみに「そろり」の愛称も著者の名前「ソロー」へのオマージュからだという。

「行き当たりばったりだけど、これだ、って思ってね」

「直感は大切よ」

自分のひらめきを信じられるかどうかも経験によって培われていくものだ。

「いまのこの異常気象や感染症だって、人間がもっともっと、って望みすぎた結果ですよね。だからよりシンプルに、何がどれだけあれば幸せなのか、それをぼくは見極めたいんです」

そしていつか答えを出して社会に還元したい、とそろりさんは話してくれた。

「そうそう、忘れるところだったわ」

睦子はバッグから、額を取り出した。一辺が十五センチくらいの小さな額に、水彩で描いたイラストを入れてきた。

「すごい、かわいい！　これってドードーですよね」

そろりさんが目を輝かせる。

「このあいだ、とてもいい時間を過ごさせていただいたので、ほんのお礼。気に入ってもらえるといいんだけど」

「ドードーって絶滅しちゃったんですよね」

額の絵に目を落としながら、そろりさんが残念そうにつぶやく。

「飛べない鳥よね。『不思議の国のアリス』にも登場するわね。ゲームのキャラクターにもいたかしらね」

「はい。あれってなんで絶滅しちゃったのかわかりますか？」

「それは飛べなかったからでしょ」

「もちろんそうなんですけどね。天敵がいなかったから、安心して地上で暮らしていたんです。卵もどこかに隠すなんてことしないで、地面に産み落としていてね」

「まあ！　いまならリスクヘッジができていない、って怒られそうね」

睦子が笑う。

「でもそれだけ安全だったってことですよね。やがて人間がやってきて、連れてきた犬やネズミが卵を食べちゃって、それでついには絶滅しちゃったんです」

そろりさんが悲しげに窓の向こうを見る。

いまも、牧草地が砂漠化して、植物が育たないという問題に直面しているが、それも人間が無闇に土地を開墾したせいだといわれているという。

「牧草地を砂漠化しちゃうのも、ドードーを絶滅させちゃうのも、私たち人間なのね」

申し訳ない気持ちになって、睦子は頭を垂らした。

「ドードーはのろまな飛べない鳥だけど、そのおかげで自分のペースが守れていたんだなって思うと、ぼくもそんな生き方を見つけたいってね、この店をやりながら思ったりしているんです。だから店の名前を『喫茶ドードー』にしたんです」

ドードーの語源はのろま、なんだそうだ。のろまに生きる、ってなんだかいいな、と睦子は静かにうなずいた。

「そうだったのね」

それからふと思い出して聞いてみる。

「ドードーって響きに似ているんだけど、バーバーって何のことかわかる？」

「床屋？　じゃなくて？」

睦子はふふっと笑って、自分のバッグからポーチを取り出してそろりさんの前に置く。

かつて自分がデザインした羊柄のテキスタイルを使った製品だ。

「羊の鳴き声。日本じゃあメーメーだけど、海外だとバーバーなのよ」

「それは知らなかったなあ」

そろりさんが面白そうに体をのけぞらす。

「私ね、羊ってサステイナブルじゃない？　と思うのよ。だって夏の暑さを乗り切るために刈られた羊の毛は寒い日にはセーターにもなるし、次の年にはまた新しい毛がはえる。喉が渇いたらミルクも採れるし、お肉はいただくこともできる。もちろんかわいいペットにもなる。ね、一家に一羊よ」

睦子はにっこりする。実際にモンゴルの遊牧民は羊とともに暮らし、ゲルと呼ばれる住まいを羊の毛から作るなど衣食住に羊は欠かせないそうだ。それだけに大事にされ、安易に肉にするのではなく、老羊の肉を保存食にするなど大切な命を無駄にしない。

「なるほど。ドードーも羊も安心して暮らせる牧草地のような場所かあ。結果的にはそれって持続可能に通ずるのかもしれませんね」

この店もそんな居場所になれたらいいな、とそろりさんが微笑む。もちろんそれは砂漠化した牧草地でなく、青々とした草原だ。

「それにこのお店は悩める子羊たちをきっと救っているでしょうしね」

睦子は優しいまなざしを向けた。

「これ、本当に素敵だなあ。店に飾ってもいいですか？　うちの店のアイコンだ」

そろりさんが嬉しそうに額をキッチンの柱にかけている。喜んでくれているその表情を見ながら睦子は、この仕事をいままで続けてこられたこと、それこそが幸せだったな、と思った。見るのは遠くの夢ではなく、ごく身近な幸せ、今日という、いまという時だ。

カウンターの上でキャンドルの炎が揺れている。ふんわりとまわりを包み込むようにやさしく照らしている。過去でも未来でもなく、いまこの瞬間を。

「はい、これ」

糸電話をそろりさんに渡す。

「あなたも自分に聞いてみたら？　幸せの意味をね」

＊

こうしてわたしは、今宵もこのキッチンから、そろりや訪れるお客さんたちを見守っているのです。いつかみながそれぞれの「幸せ」の意味を見つけられるように、とね。

そろりはカラになったダッチオーブンを洗って火の上で乾かしていたかと思うと、今度は買い物袋から大きなリンゴをふたつ取り出しました。

ざっと洗って、包丁で芯をくりぬいて、そのまま鍋にまるごと入れました。くりぬいて出来た穴に、たっぷりのお砂糖と蜂蜜、それからシナモンスティックを一本差し込んでから、鍋の蓋を被せます。弱火にかけて、あとはお得意の「放っておくだけ」でしょうね。

きっと焼きリンゴを作っているのでしょう。

リンゴが焼き上がったら仕上げにアイスクリームを載せるようですよ。冷凍庫の中を覗いていましたから。おや、手にはパイシートも持っています。なるほど。ひとつは焼きリンゴのアイスクリーム載せに、もうひとつは、アップルパイにするんですね。二品もおやつを作るなんて、食いしん坊のそろりらしい発想です。

「さしずめぼくの幸せはこれかな」

幸せは案外近くにあるみたいですね。

さて、そろそろお話は終わりにしましょうか。「喫茶ドードー」のキッチンに、リンゴの焼ける甘い匂いが漂ってきました。

※執筆にあたり、『リフレーム』（西尾和美・著　大和書房）、『レジリエンスとは何か』（枝廣淳子・著　東洋経済新報社）、『新・心のサプリ』（海原純子・著　毎日新聞日曜版コラム）、『ヒツジの絵本』（武藤浩史・編／スズキコージ・絵　農山漁村文化協会）、第10回日本ポジティブサイコロジー医学会学術集会の内容を参考にさせていただきました。

◆この作品はフィクションです。実在の人物、団体等には一切関係ありません。

◆本書は双葉文庫のために書き下ろされました。

双葉文庫

し-45-01

今宵《こよい》も喫茶《きっさ》ドードーのキッチンで。

2022年5月15日　第1刷発行
2024年7月29日　第27刷発行

【著者】
標野凪《しめのなぎ》

【発行者】
箕浦克史
【発行所】
株式会社双葉社
〒162-8540 東京都新宿区東五軒町3番28号
［電話］03-5261-4818（営業部）　03-5261-4831（編集部）
www.futabasha.co.jp（双葉社の書籍・コミックが買えます）
【印刷所】
中央精版印刷株式会社
【製本所】
中央精版印刷株式会社

【フォーマット・デザイン】
日下潤一

ISBN978-4-575-52570-0 C0193
Printed in Japan